文春文庫

八丁堀「鬼彦組」激闘篇

剣客参上

鳥羽亮

文藝春秋

目次

◎主要登場人物◎

彦坂新十郎（北町奉行所吟味方与力）

彦坂組（鬼彦組）同心衆

倉田佐之助（北町奉行所定廻り同心、剣の遣い手）
根津彦兵衛（同、通称「屍視(おろくみ)の彦兵衛」）
利根崎新八（同、通称「仏の旦那」）
矢口恭四郎（同、若手）
柳瀬源之助（臨時廻り同心、通称「抜き打ちの旦那」）
田上与四郎（同、通称「百化けの旦那」）

自らも捜査にあたる与力・彦坂新十郎。いつしか彼のもとに能力のある同心たちが集い、ひとりの手にあまる事件を協力して解決するようになっていた。どんな悪事をも見逃さぬ彼らを、「彦坂組」、またの名を「鬼彦組」という——。

神田明神
御蔵
蔵前
神田
神田川
御竹蔵
浅草御門
柳橋
本所
柳原通り
両国広小路
両国橋
馬喰町
回向院
小伝馬町
浜町堀
日本橋本町
御城
富沢町
江戸橋
新大橋
御籾蔵
室町
日本橋
鎧ノ渡
大川
(隅田川)
小名木川
海賊橋
小網町
北町奉行所
南茅場町
行徳河岸
深川
八丁堀
永代橋
京橋
楓川
富ヶ岡八幡
南紺屋町
中ノ橋
木挽橋
新シ橋
築地
木挽町
芝口橋
佃島

八丁堀「鬼彦組」関連地図

本書は文春文庫への書き下ろし作品です。

八丁堀「鬼彦組」激闘篇

剣客参上（けんきゃくさんじょう）

第一章　辻斬り

1

「遅くなりましたな。急ぎましょう」

宗兵衛が、傍らにいる手代の元造に声をかけた。

すでに、暮れ六つ（午後六時）を過ぎて半刻（一時間）ほども経ち、辺りは夜陰につつまれていた。その暗闇のなかで、元造が手にした提灯の明かりが、ふたりの姿を照らし出している。

ふたりがいるのは、神田川沿いにつづく柳原通りだった。日中は様々な身分の者が行き交う賑やかな通りだが、いまは人影がなかった。いっとき前まで、酔った男がふたり、笑い声を上げて歩いていたのだが、神田川にかかる新シ橋のたもとまで来ると、左手の路地に入り、そのまま姿を消したのだ。

「旦那様、酔いは覚めましたか」

元造が、歩きながら訊いた。

宗兵衛は、柳橋の料理屋で飲んだ帰りだった。彼は、松川屋（まつかわや）という生薬屋（きぐすりや）の主人だった。親戚にも生薬屋を開いている者がおり、久し振りで柳橋の料理屋で会って、一杯やりながら商売の話をしたのである。

宗兵衛は家族たちに、商売のために会ってくると話しておいたが、実際は骨休みといってもいい。むろん、商売の話もし、参考になることもあったが、何より久し振りで親戚同士の話をしたのだ。

「酔うほど、飲んでませんよ」

宗兵衛が、苦笑いを浮かべた。

「旦那さまは、お酒に強いんですね」

元造がそう言って、すこし足を速めた。

「まだ、そんなに遅くないのに、あまり人がおりませんね」

宗兵衛が、辺りに目をやりながら言った。

「そうです。……雨が降りそうなせいかも知れませんよ」

元造も、辺りに目をやった。宗兵衛が言うように、近くに人影がなかった。かなり前方の暗闇のなかに、かすかに人影が見えるだけである。

そこには、三人いた。その人影から三人とも男だと分かったが、町人なのか武士なのかもはっきりしなかった。ただ、袴姿で刀を差しているようには見えなかったので、町人であろう。遅くまで仕事をした後、一杯飲んだ帰りかもしれない。

「和泉橋まで、すぐです」

元造が、前方を見つめて言った。夜陰のなかに、神田川にかかる和泉橋がかすかに見えたのだ。

「和泉橋を過ぎれば、店まですぐです」

宗兵衛の足が、すこし速まった。

宗兵衛の店は、和泉橋を過ぎた先の岩井町にあった。和泉橋から西にむかっていっとき歩くと、岩井町はすぐである。

夜陰のなかに、和泉橋が黒く霞んで見えていた。その和泉橋のたもとに、また別の人影があった。まだ、遠方で闇に閉ざされているため、男女の区別もつかないし、人数もはっきりしない。

「橋のたもとに、誰かいますよ」

元造が、前方を見つめながら言った。

「四人いるようだ」

宗兵衛が不安そうな顔をした。暗闇のなか、何人もが橋のたもとに立っているのだ。ただごとではないだろう。

「まさか、まだ暮れ六つです。通りかかる者から金を脅しとるようなことはないでしょう。それに、夜通し待っても、だれも通らないかもしれませんからね。……きっと、酔って遅れている酒飲み仲間を待ってるんですよ」

元造はそう言ったが、やはり顔に不安の色があった。

「まァ、知り合いを待っているのは、まちがいないでしょう」

宗兵衛はそう言ったが、不安は拭いきれなかった。

「も、もどりますか」

元造が足をとめて言った。

「いや、行きましょう。ここまで来れば、先にいる者たちは、わたしらに気付いていますよ。追いかけられれば、逃げきれないでしょう」

そのときだった。四人のうちふたりの男が、宗兵衛と元造のいる方へ小走りに近付いてきた。

ふたりとも、遊び人ふうである。そのふたりにつづいて、別のふたりも歩きだした。後ろから来るふたりは、武士らしい。暗闇ではっきりしなかったが、小袖に袴姿で刀を差しているのが分かった。

「ど、どうします」

元造が、声をつまらせて訊いた。元造の顔ははっきり見えないが、体が顫(ふる)えているのが分かった。

宗兵衛は元造に答えず、口をつぐんだままだった。元造と同じように、夜陰のなかで体が小刻みに顫えている。

宗兵衛と元造は、男たちの方に体をむけたまま後退(あとずさ)った。先に立ったふたりの男は、宗兵衛と元造の身近に迫っていた。宗兵衛たちふたりは、反転してその場から走りだすこともできない。

近付いてきた大柄な男が、

「待ちな！」

と、声をかけた。もうひとりは、浅黒い顔をした男だった。大柄な男より年下らしく、黙ったまま大柄な男の脇についている。

「な、何か、御用でしょうか」

元造が、声を震わせて訊いた。

「用があるから、来たのよ」

大柄な男が、元造の前に立って言った。右手を着物の襟の間から懐につっ込んでいる。匕首でも、忍ばせているのではあるまいか。

もうひとりの浅黒い顔の男も黙ったまま、右手を懐につっ込んでいた。

「ど、どのような御用で……」

元造の声がつまった。体は顫えている。

2

「逃げてみろ!」

大柄な男が、ふいに声を上げた。

その声で、元造が後ろに体をむけた。そして、その場から走りだそうとした。

「遅い!」

大柄な男は叫びざま、飛び付くような勢いで踏み込み、手にした匕首で元造の肩を掻き切った。

元造は悲鳴を上げた。右手で斬られた肩を押さえて、後ろによろめいた。指の間から、血が赤い筋になって流れ出ている。

元造は足がとまると、その場にへたり込んだ。肩を押さえた指の間から流れ出た血が、地面を赤く染めていく。

この間、浅黒い顔をした男も、手にした匕首を宗兵衛の胸の辺りに突き刺した。素早い動きである。

宗兵衛は、顎を前に突き出すようにしてよろめいた。そして、足がとまると、腰から崩れるように倒れた。

元造と宗兵衛は、それぞれ地面にへたり込んだまま恐怖で体を顫わせていた。ふたりとも血塗れである。

「ふたりから、懐の物を頂いておけ！」

大柄な男が言った。どうやら、この男が親分格らしい。

「おい、懐の物を出せ」

浅黒い顔をした男が、宗兵衛に顔をむけて言った。

宗兵衛は右手を懐につっ込んだが、手が顫え、金の入っている物が摑み出せない。おそらく巾着だろう。

「政次、手を貸してやれ」

大柄な男が、そばにいた浅黒い顔をした男に顔をむけた。どうやら、浅黒い顔をした男の名は、政次らしい。

「任せてくだせえ」

政次は、すぐに地面に尻餅(しりもち)をついている宗兵衛に近付き、懐に手をつっ込んだ。宗兵衛は何の抵抗もせず、なすがままになっている。だいぶ、弱ってきているらしい。顔は青褪(あおざ)め、体の顫えが激しくなってきた。

政次は宗兵衛の懐から巾着を取り出すと、紐を解いて、中を覗(のぞ)いた。

「親分、だいぶ、入(へえ)ってやす」

政次は薄笑いを浮かべ、手にした巾着をそばにいた大柄な男に差し出した。やはり、この男が親分らしい。

すると、そばにいた武士のひとりが、

「源五郎(げんごろう)、このふたりには、用がなくなったな」

と、大柄な男に目をやって言った。口許に薄笑いが浮いている。大柄な男が親分で、名は源五郎のようだ。ただ、武士たちは別格だろう。

「俺が止どめを刺してやろう」

武士のひとりが言った。ふたりの武士のうち、こちらが年上らしい。もうひとりは、まだ若かった。

「俺に斬らせてくれ」

若い武士が、身を乗り出して言った。

「そうか。島崎に頼もう。……ただ、ひとりだけだぞ」

年上らしい武士が言った。若い武士の名は、島崎である。

「承知。……俺が、宗兵衛を斬る。佐久間どのは、手代の元造に止どめを刺してくれ」

島崎が、もうひとりの武士に目をやって言った。こちらの武士の名は、佐久間である。

「島崎、頼むぞ」

佐久間が声をかけた。

島崎は、佐久間に顔をむけてうなずくと、

「俺が楽にしてやる」

そう言って、宗兵衛の脇に立った。そして、「極楽を見せてやるぞ！」と声をかけると、手にした刀を袈裟に払った。素早い動きである。

次の瞬間、島崎の刀が、宗兵衛の首をとらえた。

ガクリ、と宗兵衛の首が前に垂れ、首から血が噴いた。激しい出血である。切っ先が、首の血管を斬ったようだ。

宗兵衛は、悲鳴も呻き声も上げなかった。地面につっ伏すと、体が痙攣するように顫え、やがて身動きしなくなった。いっときすると、首からの出血は少なくなり、わずかに流れ出すだけになった。

「死んだ……」

島崎が、動かなくなった宗兵衛に目をやって言った。

その場にいた男たちは、しばらく強張った顔をして息絶えた宗兵衛に目をやっていたが、

「次は、俺の番だな」

そう言って、佐久間は手代の元造の脇に立った。

「た、助けて！」

元造が、体を激しく顫わせて叫んだ。

「おとなしくしろ！　体を動かせば、余計苦しい思いをするぞ」

佐久間が、元造を睨むように見て言った。

元造は口を結んだが、体が激しく顫え、佐久間を見据えたまま体を捩るように

動かしている。

「元造、刀の切っ先を見てみろ。苦しい思いをせずに済むぞ」

佐久間はそう言って、刀の切っ先を元造の顔の前にむけた。

元造は、顔の前にむけられた刀の切っ先に目をやった。そのとき、元造の体の顫えが、いくぶん弱まった。佐久間は、その一瞬をとらえ、鋭い気合とともに、手にした刀を一閃させた。

佐久間の切っ先が、元造の首をとらえた。

ガクリ、と元造の首が前に垂れ、首から激しく出血した。首の血管を斬ったためだ。

いっときすると、元造の首からの出血はわずかになり、血が細い筋を引いて落ちるだけになった。元造は座ったような状態で前屈みになっていたが、くずれるように横に倒れた。息の音は聞こえず、首からの出血もなくなっている。

「始末がついたな」

佐久間が、島崎たちに目をやって言った。

武士の佐久間、島崎。それに、遊び人ふうで親分格の源五郎、子分らしい政次。

四人は、横たわっている宗兵衛と元造をその場に残して去っていく。

3

夏の暑い日だった。まだ、朝の五ツ（午前八時）前だが、風がないせいもあってねっとりしたような暑さがあった。

倉田佐之助（くらたさのすけ）は、町方同心の住む組屋敷の戸口まで来ると、

「朝から暑いなァ」

そう言って、両手を突き上げ、大きな伸びをした。

倉田は北町奉行所の定廻（じょうまわ）り同心だった。これから、市中巡視に行くつもりだった。

倉田は戸口近くに足をとめ、黒羽織の裾を帯に挟んだ。巻羽織（まきばおり）と呼ばれる町奉行所同心の独特の格好である。

巻羽織は小袖（こそで）を着流し、羽織の裾を帯に挟むのだ。こうすると、歩きやすいし、遠目にも、町方同心と知れる。

倉田が住んでいるのは、八丁堀にある組屋敷だった。見送りに出た母親のまつが、「利助（りすけ）が待ってますよ」と倉田に声をかけた。

利助は、倉田家に仕える小者である。倉田が奉行所へ出仕するおりに、挟み箱を担いで供をすることになっていた。

「お供しやす」

戸口からすこし離れた場にいた利助が、倉田のそばに来て言った。

「佐之助、早くしないと遅れますよ」

まつが言った。まつは、倉田が奉行所に出仕するおり、戸口から出て見送るのが日課になっていた。

「すぐ、奉行所に向かいます」

倉田はそう言い残し、利助を連れて戸口から出た。

そのとき、倉田の家に近付いてくる足音が聞こえた。急いでいるのか、走ってくるようだ。

「誰かな」

倉田が、組屋敷を囲っている板塀の木戸門に目をやりながら言った。

「駒造親分です！」

利助が、木戸門から姿を見せた男を指差して言った。駒造は、倉田が手札を渡している岡っ引きである。倉田が市井で起きた事件の探索や下手人の捕縛にあたあたる。

ると き、駒造は倉田の手先として動くことが多かったのだ。

「浜吉も、一緒です！」

利助が言った。浜吉は駒造の下っ引きだった。多くの場合、駒造と共に事件にあたる。

慌てた様子で、倉田のそばに来た駒造は、

「く、倉田の旦那、これから柳原通りまで行くんですかい」

と、声をつまらせて訊いた。かなり急いで来たらしく、息が上がっている。その駒造の脇に利助が立ち、倉田に目をやっている。

「いや、奉行所へ行くつもりだが……」

倉田が答えると、

「柳原通りで、殺しがあったのを知ってやすか」

駒造が口早に言った。

「聞いてないが……」

倉田が首を横にふった。

「矢口様が、殺しの現場に向かうのを見掛けやしたぜ」

すぐに、駒造が言った。

矢口恭四郎も倉田と同じ、北町奉行所の定廻り同心だった。まだ若く、女房子供はいなかった。

駒造は、矢口が独り者だったこともあって、矢口様と呼ぶことが多かった。旦那とは、言いづらかったのだろう。

「そうか。……ここから柳原通りは遠いが、奉行所への出仕は後にして、殺しの現場だけでも見ておくかな」

倉田は事件の探索にあたる者にとって、殺された者の身分や素生を探ったり、事件現場を見ておくことは、いかに大事であるか知っていた。それに、奉行所に出仕する前に事件のことを耳にし、緊急に現場にむかったことにすれば、奉行所の与力や他の同心に、非難されるようなことはないだろう。

「行きやしょう。お供しやすぜ」

駒造が乗り気になって言った。

「よし、行こう！」

倉田は利助に、「屋敷に残ってくれ」と声をかけ、駒造と浜吉と共に組屋敷を出た。

駒造が足早に歩きながら、

「殺されたのは、ふたりだそうで」

と、息を弾ませて言った。

「ふたりか」

倉田が聞き直した。

「へい、あっしが耳にしたところだと、殺されたのは生薬屋の主人と手代のようですぜ」

「生薬屋な……」

倉田は呟いた。

「生薬屋のことは、彦次郎ってえ仲間の御用聞きが口にしたのを耳にしたんでさァ」

駒造によると、事件現場で、その御用聞きと顔を合わせることがよくあり、お互い仲間のように付き合っているという。

「そうか」

倉田が素っ気なく言った。御用聞き同士の話は、後にしようと思ったのである。

「急ぐぞ」

倉田が、男たちに声をかけた。八丁堀から柳原通りは、遠かった。事件現場に行くまでに、かなりの時間がかかる。下手をすると、帰りは夜になるかもしれない。

「ところで、殺しがあったのは、柳原通りのどの辺りなのだ」

足早に歩きながら、倉田が訊いた。

「神田川にかかる和泉橋の近くだそうです」

「和泉橋の近くな」

倉田は、現場に着くまで、かなりの時間がかかる、とあらためて思ったが口にしなかった。

駒造の先導で、倉田たちは八丁堀から西にむかい、日本橋通りに出た。通りは賑やかだった。様々な身分の老若男女が行き交っている。

倉田たちは賑やかな表通りを北に向かい、日本橋川にかかる日本橋を渡った。その辺りは、さらに人出が多かった。倉田たちは、行き交う人の間を縫うようにして、さらに北にむかった。

「遠いなァ」

倉田が、うんざりした顔で言った。

「もうすこしでさァ」

そう言って、駒造がすこし歩調を緩めた。

倉田と浜吉は駒造と歩調を合わせ、ほっとしたような顔をしている。

倉田たち三人が、賑やかな日本橋通りを北に向かい、しばらく歩いたところで、

「こっちでさァ」

と、駒造が言い、右手の通りに入った。それほど賑やかな通りではなかったが、人の姿は多かった。武士はすくなく、町人の老若男女が行き交っている。

それから、しばらく歩くと、先にたっていた駒造が、

「この辺りから、岩井町でさァ」

そう言って、あたりに目をやった。

4

倉田たち三人は岩井町に入って、町人地のつづく通りをいっとき歩いた。そして、和泉橋の近くまで来たとき、

「この辺りでさァ」

駒造が言って、路傍に足をとめた。

「事件のことを思わせるような物は、何もないな」

倉田が通りに目をやって言った。通りには、地元の住人と思われる町人たちが、行き来していた。そのなかには、女子供の姿もある。

「へい、地元に住む者も、殺しの現場を見た者はいないようで」

駒造が声を潜めて言った。

「そうか。この辺りで聞き込んでも、下手人を知る者はいないのか」

倉田が、道沿いにある店や家に目をやりながら言った。

次に口を開く者がなく、倉田たち三人が口を閉じていると、

「倉田の旦那、知ってのとおり、殺された男は生薬屋の主人でさァ」

駒造が小声で言った。

「そういう話だったな。……その生薬屋は、どこにあるのだ」

さらに、倉田が訊いた。

「この辺りのはずですぜ。彦次郎が、殺された男の店は岩井町にあると言ってやしたから」

駒造が答えた。

「近所で聞き込んでみるか。……まだ、俺たちは殺された男の名も店の名も知ら

ないのだ」

倉田がその場にいた駒造と浜吉に目をやって言った。

「そうしやしょう」

すぐに、駒造が言った。そばにいた浜吉も、もっともらしい顔をしてうなずいた。

倉田たち三人は、一刻（二時間）ほどしたらこの場にもどることにして別れた。別々の方が埒が明くとみたのである。

ひとりになった倉田は、通り沿いに目をやった。事件のことを知っている者がいそうな店や仕舞屋を探したのだ。

……あの八百屋で、訊いてみるか。

倉田は一町ほど先の道沿いにある八百屋に目をとめた。店の戸口近くに台が置かれ、大根と葱が並べられている。店内にも台が置かれ、野菜だけでなく果物なども並べられていた。

倉田は八百屋の戸口まで行くと、店内の親爺らしい男に目をとめた。台に置かれた野菜を手にして、品定めをしている。おそらく、傷んでいる野菜を取り除くつもりなのだろう。

倉田は親爺を店の外に呼び出すより、店内で訊いてみようと思って入った。

親爺は倉田の足音を耳にしたらしく、大根を手にしたまま振り返った。

「い、いらっしゃい」

親爺が声をつまらせて言った。不安そうな顔をしている。いきなり見ず知らずの武士が、店内に入ってきたからだろう。

「手間を取らせて、すまないな。ちと訊きたいことがあるのだ」

倉田が、顔に愛想笑いを浮かべて言った。

「何です」

親爺の顔から不安そうな表情が消えた。店に入ってきた武士に、危害をくわえられることはない、と思ったようだ。

「この辺りに、生薬屋はないかな」

倉田が親爺に目をやりながら訊いた。

「生薬屋ですかい」

親爺が、不審そうな顔をした。いきなり、店内に入ってきた武士に、生薬屋のことなど訊かれたからだろう。

「いや、この近くで生薬屋の主人が辻斬りに遭ったと聞いたのでな。来てみたのだ」

倉田は正直に話した。

「旦那は、お上の方ですかい」

親爺が、首をすくめて訊いた。

「まァ、そうだ」

倉田は否定しなかった。町方の者が、事件の下手人をつきとめるために、話を訊きにきた、と思わせる方が、隠さずに話してくれるとみたのである。

「生薬屋なら、知ってまさァ」

親爺はそう言った後、口を閉じて困惑したような顔をした。

「何かあったのか」

倉田が声をあらためて訊いた。

「へい……。生薬屋の松川屋さんは、主人の宗兵衛さんが殺されちまって、大騒ぎです」

親爺が眉を寄せて言った。

「そうか」

倉田は小声で言った後、

「生薬屋には、跡取りの倅(せがれ)はいないのか」

　と、声をあらためて親爺に訊いた。

「それが、手代の元造まで殺されちまって……。残っているのは、女将(おかみ)さんとまだ若え娘(わけ)だけなんでさァ」

　親爺が声をひそめて言った。

「跡取りは、いないのか」

　倉田が気の毒そうにつぶやくと、

「いねえんで……。ただ、女将さんは涙ながらに、あたしの弟にでも頼んで、店をつづけてもらうと言ってやしたがね」

「そうか。……何年か経てば、若い娘が成長して婿をもらい、店をつづけることができるかもしれんぞ」

　倉田が言った。

「女将さんも、娘が婿をもらうようになるまで、あたしが頑張ると言ってやした」

「うむ。女将は娘が婿をもらうまで、頑張るだろう」

　倉田はそう言った後、

「ところで、生薬屋の主人を襲った者たちに、何か心当たりはないか」

と、声をあらためて訊いた。

「心当たりと、言われても」

親爺が首をかしげた。

「思い当たることはないのか」

「これといったことは……」

親爺が、呟くような声で言った。

「そうか。……手間をとらせたな。また、何かあったら、寄らせてもらうかもしれんぞ」

倉田はそう言って、八百屋から離れた。

5

倉田が駒造たちと別れた場所にもどると、駒造と浜吉の姿があった。倉田を待っていたらしい。

倉田は二人に近付くと、

「殺された生薬屋の主人と手代、宗兵衛と元造というらしい。ふたりのことで、何か知れたか」

　そう切り出した。

「どうも、宗兵衛は前から殺した奴等に、命を狙われてたようですぜ」

　駒造が声をひそめて言った。

「そうか。……どうだ、歩きながら話すか。俺からも、話したいことがあるのだ」

　八丁堀にもどりながら話そう」

　倉田が言うと、駒造と浜吉がうなずいた。

　倉田は駒造と浜吉とともに来た道を引き返しながら、

「まず、俺から話す」

　と言って、口火を切った。

　そして、倉田は八百屋の親爺から聞いたことを一通り話した後、

「どうだ。次は駒造と浜吉が耳にしたことを聞こうか」

　と、ふたりに顔をむけて訊いた。

「あっしは、気になることを耳にしたんでさァ」

　駒造が声をひそめて言った。

「気になるとは……！」

倉田が身を乗り出した。

「宗兵衛の殺しを頼んだ者が、いるらしいんでさァ」

駒造はそう言って、倉田に顔をむけた。

「殺しを依頼した者が、いるのか！」

倉田が念を押すように訊いた。

「そうでさァ。あっしは、殺された主人の宗兵衛と、若いころからの飲み仲間だったという一膳めし屋の親爺から、話を聞いたんですがね。宗兵衛は殺される何日か前にも、見知らぬ男に跡を尾けられたことがある、と話したそうでさァ」

駒造が小声で言った。

「その跡を尾けたという男のことで、何か知れたか」

さらに、倉田が訊いた。

「知れやした。その男は、前から宗兵衛の命を狙っていたらしいんでさァ。その男は誰かに頼まれて、俺を殺す気らしい、と宗兵衛は話したそうで……」

「宗兵衛殺しを頼んだ者か」

「そいつは、金で殺しを引き受けるらしいんで」

駒造が言った。

「金で人を殺す殺し屋か」

倉田が、虚空を睨むようにして言った。

「それも、ひとりではないようです。何人か仲間がいて、そのなかに、親分格の男がいるようなんで」

「そうか……」

倉田はいっとき口を閉じていたが、

「いずれにしろ、宗兵衛を殺した者たちを捕らえるしかないな」

と、呟くような声で言った。

次に口を開く者がなく、重苦しい沈黙につつまれたとき、

「他に何か、その殺し屋たちのことで、知れたことはないか」

倉田が、駒造と浜吉に顔をむけて訊いた。

ふたりは顔を見合わせていたが、

「事件にかかわりはねえ、と思いやすが、耳にしたことがありやす」

と、駒造が小声で言った。

「話してくれ」

倉田が駒造に顔をむけて言った。

「あっしが聞いた男の話だと、宗兵衛を殺した者たちのなかに、博奕の好きな者がいるらしいんで……」

「博奕好きな」

「そうでさァ」

「博奕好きと言われてもな。宗兵衛殺しをつきとめるのは、むずかしいぞ」

倉田は首を捻った。

「倉田の旦那、どうです。博奕の好きな者にあたって、宗兵衛殺しに関わるようなことを口にしたり、急に金回りがよくなった者がいないか聞き出して、探ってみたら」

駒造がいつになく、真剣な顔をして言った。

倉田はいっとき口を閉じたまま虚空を見つめていたが、

「そうだな。まず、この辺りに賭場があるかどうか探って、急に金回りのよくなった者や事件のことを口にした者がいれば、捕らえて吟味してみる手はあるな」

そう言って、駒造に目をむけた。

「明日も、この辺りに来て聞き込みに当たりやすか」

駒造が倉田に目をやって訊いた。

「いや、こうなったら慌てることはない。……事件は長丁場になるはずだ。それにな、大きな事件なので、俺たちだけでなく、他の同心の手も借りたいのだ」

倉田が言うと、

「彦坂（ひこさか）さまや根津（ねづ）の旦那たちにも、話すんですかい」

駒造が身を乗り出して訊いた。そばにいた浜吉も、倉田の顔を見据えている。

「そうだ。ともかく、彦坂さまに話して、指示を仰ぐつもりだ」

倉田が真剣な顔をして言った。

「鬼彦組（おにひこぐみ）の方たちが、事件にくわわるってこってすね」

駒造が、昂（たかぶ）った声で言った。

「そうなるかもしれん。……ともかく、彦坂さまの指示を仰いでからだ」

倉田がうなずいた。

北町奉行所には、陰で「鬼彦組」と呼ばれる男たちがいた。市井で事件にあたる六人の同心と、与力がひとりである。

与力は吟味方与力（ぎんみかたよりき）の彦坂新十郎（しんじゅうろう）で、同心たちは江戸市中で起こった事件にあたる定廻りと臨時廻りの者たちである。

「彦坂さまや仲間の同心たちが、一緒だと心強い。……相手は、一筋縄ではいかぬ大物らしいが、仲間たちで力を合わせれば、後れをとることはないはずだ」

倉田が、仲間たちのいる八丁堀の方に顔をむけて、大きくうなずいた。

6

「きく、いつもすまんな」

彦坂新十郎が、妻のきくに声をかけた。

新十郎はきくに手伝ってもらい、奉行所に出仕するための継裃（つぎがみしも）に着替えていた。

新十郎の着替えを手伝うのは、きくの日課でもあった。

「母上といっしょに、お帰りになるのを待ってます」

きくは頬を赤らめ、小声で言った。

「母上の具合はどうだ」

新十郎が訊いた。朝餉（あさげ）の後、母親のふねが、「わたし、すこし頭が痛い」と言い出したのだ。

「いつもと、変わりないようです」

きくは、奥の座敷にいるふねに聞こえないように声をひそめて言った。

「そうか。いつもの仮病だな」

新十郎も、声をひそめて言う。母親のふねは新十郎が出かけるおりなど、頭が痛い、お腹が苦しい、などと言い出すことがあった。新十郎の気を引くために、仮病を口にするのだ。

数年前まで、父親の富右衛門(とみえもん)、妹のふさも家にいた。ところが、富右衛門は卒中で亡くなり、ふさは他家に嫁いで、家にいなくなった。

今、彦坂家の家族は新十郎ときく、それにふねの三人だけである。きくは、新十郎と同じ北町奉行所の同心である倉田佐之助の妹だった。奉行所がかかわるような事件のおり、吟味方の与力の新十郎と、市井の事件の探索などに当たる定廻り同心である倉田は、奉行所内で顔を合わせることが多かった。

そして、それぞれが相手の住む屋敷にも姿を見せるようになり、新十郎は倉田の妹のきくと知り合い、一緒になったのだ。

きくは新十郎の妻になって、それほど経っていないし、子供もいない。どうしても、新十郎ときくは、新婚のようなやりとりになってしまうのだ。

一方、母親のふねは夫を亡くしており、自分だけ疎外されているような気持ちになるのだろう。それで、新十郎の気を引くために、熱がある、腹が痛い、などと言い出すことがあったのだ。

「きく、どうだ。茶でも淹れて、母上と一緒に飲んだら。ふたりで世間話でもすれば、母上の気も晴れるだろうよ」

新十郎が苦笑いを浮かべて言った。

「そうします」

きくが、表情を和ませて言った。

新十郎は、戸口まで見送りたいと言ったきくを残し、ひとりで屋敷から出た。

すると、玄関の前にいた青山峰助が、新十郎に近付き、

「倉田さまがお待ちです」

と、小声で言った。青山は、彦坂家に仕える若党である。

「倉田は、どこにいる」

新十郎が訊いた。

「門の外で、待っておられます」

青山が、冠木門を指差して言った。

その青山からすこし離れた玄関の脇で、槍持ち、草履取り、若党などが待って

いた。与力は同心と違って、多くの者を従えて奉行所へ出仕するのだ。

「行ってみよう」

新十郎はすぐに冠木門にむかった。

玄関先で待っていた槍持ちや若党などが慌てた様子で、後についてきた。

新十郎は供の者たちを連れ、冠木門から出た。

門の外にいた倉田は、新十郎と顔を合わせると、深く頭を下げた。妹のきくが新十郎の妻なので、倉田は義兄だが、お役目に携わるときには、同心と与力の立場を守っている。

「俺は、倉田と話がある。先に行ってくれ。……すぐ、追いつくから」

新十郎は槍持ちや若党などに目をやって言った。

新十郎に従って奉行所へ行くことになっている槍持ちや若党たちは、戸惑うような顔をしたが、足早にその場を離れた。

新十郎は従者たちの姿が遠ざかるのを待ち、

「歩きながら話そう」

と、倉田に目をむけて言った。

倉田は新十郎の背後にまわり、新十郎と歩調を合わせて歩きだした。

「倉田、話してくれ」

　新十郎が歩きながら言った。

「生薬屋の主人が殺された話を耳にしてますか」

　倉田は、丁寧な言葉遣いをした。

「耳にしては、いる」

　新十郎が小声で言った。

「それがしと矢口とで、事件のことを探ったのですが、まだ下手人を捕らえることはできません。それに、下手人は何人もいるようですし、このままにしておくとさらに大きな事件を引き起こしそうな気がします」

　倉田の本音だった。これで終わるとは思えなかった。

「そうか……」

　新十郎はそう呟いた後、

「よし、鬼彦組の者たちを奉行所に集めて話し、本腰を入れて事件に当たろう」

　と、語気を強くして言った。

「そうしていただければ、下手人たちを取り押さえることができると思います」

　倉田が虚空を見据え、「彦坂組の者は頼りになる」と胸の内でつぶやいた。

吟味にあたる与力のなかには、捕らえた下手人を自白させるために、過酷な拷問をする者がいた。そうした者たちは、鬼与力と呼ばれることがあった。その鬼と彦坂の彦をとって「鬼彦組」とか「彦坂組」と呼んだのである。

倉田が、「仲間たちに伝えておきます」と言って、ちいさく新十郎に頭を下げた。

7

翌日、倉田は五ツごろ、八丁堀を出ると、戸口近くで待っていた矢口恭四郎とともに北町奉行所にむかった。

倉田と矢口は、同じ定廻り同心だった。他に、臨時廻り同心、隠密廻り同心の役柄の者もいる。

倉田と矢口は北町奉行所に入ると、同心詰所に入った。そこは出仕した同心たちが待機したり、同心たち同士で事件の情報を伝えあう場所でもある。

同心詰所には、ふたりの同心の姿があった。定廻り同心の根津彦兵衛(ひこべえ)と臨時廻り同心の田上与四郎(たがみよしろう)である。

倉田と矢口は、根津と田上に頭を下げた後、ふたりのそばに腰を下ろし、

「利根崎さんと柳瀬さんは、まだですか」

と、倉田が訊いた。今日は、六人の同心が集まることになっていた。

「まだだが、じきに来るはずだ」

根津が言うと、田上がうなずいた。

それから、いっときすると、同心詰所の前に近付いてくる足音がし、表戸が開いて、ふたりの同心が顔を出した。

利根崎と柳瀬である。利根崎は定廻り同心で、柳瀬は臨時廻り同心だった。ふたりは同心詰所に入ってくると、

「すまぬ。待たせてしまったようだ」

と、柳瀬が言い、ふたりは倉田たちのそばに来た。

「彦坂さまは、ここに見えるのだな」

利根崎が念を押すように訊いた。

「そうだ。ともかく、ここに腰を下ろしてくれ」

根津が、座敷の空いている場所に手をむけて言った。

利根崎と柳瀬は、改めて根津に頭を下げた後、根津たちの後ろにまわって腰を

下ろした。ふたりは、遅く来たことで遠慮したらしい。

利根崎と柳瀬が腰を下ろして、いっときすると、同心詰所に近付いてくる足音がし、詰所の表戸が開いた。

姿を見せたのは、新十郎だった。継裃ではなかった。奉行所内で、与力は継裃で任務にあたることになっていたが、あえて、新十郎は羽織袴に着替えることが多かった。継裃は動きづらく、いざというとき、後れをとることがあるからだ。そうは言っても、奉行所内で、何者かに襲われたり、素早く動かねばならないような事件に巻き込まれることはないだろう。

それでも、新十郎があえて羽織袴に着替えたのは、継裃で体の自由を奪われることを嫌ったからである。それに、こうやって、同心たちと仲間同士のように気兼ねなく話すには、継裃では無理だろう。

新十郎は座敷の上座に座すと、「みんな揃っているようだな」と声をかけた。

座敷には、六人の同心がいた。

定廻り同心の倉田佐之助、矢口恭四郎、根津彦兵衛、利根崎新八(しんぱち)。

臨時廻り同心の柳瀬源之助(げんのすけ)、田上与四郎。

座敷にいる同心たちのなかに、隠密廻り同心の姿はなかった。隠密廻りは奉行直属で、市井でおこった事件にかかわることは、滅多にない。そのため、定廻り同心や臨時廻り同心と同じ事件にかかわることは、ほとんどなかった。隠密廻り同心たちは、他の同心と一線を画していたのだ。

「みんなが集まったところで、これまでの事件の経緯を話してくれ」

新十郎が、事件にかかわっていた倉田と矢口に目をやって言った。

まず、倉田が、生薬屋の宗兵衛といっしょにいた手代の元造のふたりが、和泉橋のたもとで、四人の男に襲われて殺され、持っていた金を奪われたことを話した。

「殺した者たちは、分かっているのか」

柳瀬が訊いた。

「分かってない。……ただ、仲間のなかに武士が、ひとりではなく、ふたりいたらしいのだ」

倉田がそう言った後、つづいて話す者がいなかった。すると、新十郎が、

「武士は、何者か分からないのだな」

と、口を挟んだ。

「分かりません。牢人かと思いますが……」

倉田は語尾を濁した。

次に話す者が途切れると、

「他に、何か知れたことは」

新十郎が訊いた。

「はっきりしませんが、宗兵衛と手代を殺した者たちは、金で殺しを頼まれたようなのです」

「殺し屋か！」

新十郎の声が、大きくなった。

「それがしは、手をかけた牢人体の男は、金を手にするために人殺しをしているとみています」

倉田が言うと、そばにいた矢口がうなずき、

「それがしも、牢人は金欲しさに、人殺しをするような男とみています」

と、他の同心たちに目をやって言った。

矢口も、生薬屋の宗兵衛が殺された事件を探っていたので、牢人体の男のこと

を耳にしたのだろう。

次に話す者がなく、その場が重苦しい沈黙につつまれると、

「今まで探った者たちで、居所の分かっている者はいるか」

新十郎が同心たちに目をやって訊いた。

倉田と矢口も、口を開かなかった。居所を掴んでいる者はいなかったのだ。そのとき、倉田は胸の内で、「殺しを依頼した者がいるようなので、依頼人をつきとめれば、下手人も知れるのではないか」と思った。それに、岩井町界隈(かいわい)で、賭場のことも探ってみるつもりだった。宗兵衛殺しに関わった者のなかに、博奕好きがいると聞いたからである。

倉田はすこし様子が知れてきてから、この場にいる同心たちに話して手を貸してもらうつもりだった。同心たちが賭場のことで聞きまわったりすると、それが宗兵衛殺しの下手人の耳に入り、姿を消す恐れがあったからだ。

それから、新十郎と同心たちは、事件のことでしばらく話したが、新たなことは分からなかった。

「今日は、これまでだな」

新十郎が、同心たちに声をかけた。

倉田はひとりで北町奉行所を出ると、外堀にかかる呉服橋を渡って呉服町に入った。今日のところは、自分の屋敷のある八丁堀に帰るつもりだった。呉服町に入ったとき、背後から近付いてくる足音が聞こえた。振り返ると、矢口が走ってくる。

倉田は路傍に足をとめ、矢口が近付くのを待ち、

「矢口、俺に何か用か」

と、声をかけた。

「は、はい、倉田さんは、岩井町界隈に探りに行くのではないかと思って……」

矢口が声をつまらせて言った。

「明日だぞ」

倉田は矢口を見つめて言った。

「分かってます。明日、俺も連れてってもらえませんか」

「一緒に行くか」

倉田はそう言って歩きだした。その場に立ったままでいると、通りを行き来する人の邪魔になるのだ。

「行きましょう」

矢口が身を乗り出して言った。

8

「矢口さまが、お見えですよ」

母親のまつが言った。

「いま、行きます」

倉田は、急いで黒羽織を羽織った。いつもと違って、袴もはいていた。町方の同心と知れないように身形(みなり)を変えたのである。

これから、倉田は矢口と一緒に岩井町まで行くつもりだった。生薬屋の宗兵衛と手代の元造殺しを依頼した者をつきとめるために、岩井町界隈にあるらしい賭場を探すためである。宗兵衛殺しにくわわった者のなかに博奕好きがいて、岩井町界隈にある賭場に出かけることが多い、と聞いていたからだ。

その男が賭場にいれば、捕らえるつもりだった。遊び仲間の者にそれとなく訊けば、宗兵衛殺しにくわわった者が誰か知れるだろう。仲間がすぐに話さなくとも、茅場町にある大番屋に送るとでも言えば、口を割るはずだ。

倉田が戸口まで行くと、矢口が待っていた。矢口も町方同心と分からないように、羽織袴姿で大小を差している。

「岩井町へ、行きますか」

矢口が訊いた。

「行こう」

倉田は、そばにいたまつに、「行ってきます。すこし遠いですが、これも同心としての仕事なのです」と、小声で言った。

まつは、心配そうな顔をしたが、

「無理はしないでおくれ」

と、小声で言っただけで、倉田を送りだした。

倉田と矢口は、同心の住む組屋敷のつづく通りを抜け、日本橋通りに出た。そして、日本橋を渡り、さらに北にむかって歩いた。すこし遠回りになるが、八ッ小路に出てから柳原通りを東に向かった。

倉田と矢口は、柳原通りを東にむかっていっとき歩き、岩井町の近くにある平永町に近付くと、路傍に足をとめた。岩井町界隈を歩きまわって賭場を探すより、賭場のある場所を知っていそうな男に訊いた方が早い。それで、いかにも賭場通いをしていそうな風体の男が通りかかるのを待つことにした。

柳原通りは、行き交う人の姿が多かった。様々な身分の老若男女が行き来している。

倉田と矢口が、その場に足をとめて間もなく、

「向こうから来る遊び人ふうの男に、訊いてみますよ」

矢口が、通りの先を指差して言った。

「俺はここで待っている」

倉田はそう言い、路傍に身を寄せた。

矢口は男にむかって足早に歩き、男の前に立つと、何やら声をかけた。そして、通行人の邪魔にならないように通りの端に身を寄せた。

矢口は、いっとき男と話していたが、男だけその場を離れて歩きだした。それを見た倉田は足早に矢口のそばに行き、

「何か知れたか」

と、小声で訊いた。通行人に聞こえないように気を使ったのである。

「知れました。賭場は、この先にある蕎麦屋の脇の細い道に入ると、あるそうです」

矢口も、声をひそめて言った。

「行ってみよう」

倉田はすぐに通りの先にむかって歩きだした。

矢口は足を速め、倉田と並んで通りの先にむかった。そして、いっとき歩いたとき、

「あそこに、蕎麦屋がある」

倉田が、通りの先を指差して言った。半町ほど先に、蕎麦屋らしい店があった。近付くと、戸口のそばにある看板に、「蕎麦、酒」と書かれていた。蕎麦だけでなく、酒も出すようだ。

倉田と矢口は、蕎麦屋の脇の細い道に入った。その道沿いにも店屋はあったが、仕舞屋が多かった。空地が目につき、行き交う人の姿もすくなかった。

「寂しい道ですね」

矢口が言った。

「柳原通りにくらべると、ここはやけに寂しい」

倉田は、道沿いの空地に目をやりながら言った。賭場を探しているようだ。

「倉田さん、賭場は、そこの空地にある家かもしれませんよ」

矢口が、前方を指差して言った。

家の前が広い空地になっていて、雑草に覆われている。その空地のなかに、民家とは思えない大きな家があった。

「そうだな。……近付いてみるか」

倉田が言い、矢口とともに通行人を装って、空地に近付いていった。

ふたりは空地の前まで来ると、路傍に足をとめた。

「あれは、賭場かもしれんな」

倉田が、大きな家を見つめて言った。

倉田たちのいる道から、賭場になっていると思われる家まで小径がつづいている。家の出入り口は板戸だった。閉まっている。

「誰もいないようです」

矢口がつぶやいた。

「誰もいないのか。探ってもどうにもならないな。……出直すか」

倉田が言うと、

「そうですね。賭場らしき場所が分かったのだ。今日のところは、引き上げましょう」

矢口は踵（きびす）を返した。

倉田と矢口は、来た道を引き返して柳原通りに出た。柳原通りは、相変わらず賑やかだった。様々な身分の老若男女が行き交っている。

第二章　賭場

1

「佐之助、矢口さまが見えてますよ」

倉田の母親のまつが、障子のむこうから声をかけた。

「支度は済んでます。すぐに行きますから」

倉田は急いで着替えを終え、部屋の隅に掛けてあった刀を手にして、組屋敷の戸口から出た。

戸口の前に、小者の利助が立っていた。利助は倉田が奉行所へ出仕するとき、供をするのである。

ただ、今日は、奉行所へ出仕しないことにしてあったので、利助は組屋敷に残しておくつもりだった。

岡っ引きの駒造だけを連れて行くことにした。

今日は柳原通りの近くにある賭場へ行ってみるつもりだった。倉田は宗兵衛殺しに関わった者たちのなかに博奕好きがいると聞き、賭場に姿をあらわす者がいるとみた。それで、倉田は矢口と駒造を同行し、三人で行くことにしてあったのだ。

倉田は戸口にいた利助に、「今日は様子を見に行くだけなので、利助は屋敷に残ってくれ。大勢で行くと、目につくからな」そう言って、利助から離れた。

倉田は組屋敷から出ると、ひとりで日本橋にむかった。日本橋のたもとで、矢口と駒造が待っているだろう。倉田はふたりと、待ち合わせることにしてあったのだ。


倉田は楓川（もみじがわ）にかかる海賊橋を渡り、青物町を通って日本橋のたもとに出た。日本橋のたもとは、賑わっていた。様々な身分の老若男女が、行き交っている。

その橋からすこし離れた楓川の岸際に、矢口と駒造の姿があった。ふたりは、行き交う人に目をやっている。先に来て、倉田が来るのを待っているようだ。

倉田は通行人の間を縫うようにして通り抜け、矢口と駒造に近付いた。

駒造が倉田の姿を目にしたらしく、

「倉田の旦那だ！」

と、声を上げ、行き交う人の間を手で分けるようにして近付いた。駒造の後に、矢口もつづいた。

倉田はその場に立っていると通行人の邪魔になるので、道の端に身を寄せて、駒造と矢口が近付くのを待った。そして、ふたりが近付くと、倉田は日本橋を渡り始めた。駒造と矢口は、倉田について来る。

倉田たち三人は日本橋を渡り終え、いっとき歩いてから改めて顔を合わせた。

「このまま八ッ小路まで出よう」

倉田が、駒造と矢口に顔をむけて言った。

八ッ小路は、倉田たちが歩いている通りの先にあった。神田川にかかる昌平橋のたもとにあり、そこから神田川沿いにつづいている柳原通りに出ることができる。

倉田たち三人は八ッ小路まで行くと、右手に折れ、柳原通りに出た。そして、右手の通りをたどって平永町に入った。

「確か、賭場は、蕎麦屋の脇の道に入ったところだったな」

そう言って、倉田が道沿いにある店屋に目をやった。

「蕎麦屋は、そこです」

駒造が指差した。

「行ってみよう」

倉田は蕎麦屋の脇にある小径に足をむけた。駒造と矢口も、倉田に遅れずについてくる。

倉田たち三人は脇道に入ると、辺りに目を配りながら歩いた。いっとき歩くと、空地のなかにある大きな家が見えてきた。そこが、賭場らしき家である。

倉田たちは空地の手前まで来ると、路傍に足をとめた。

「誰かいます！」

駒造が、賭場らしき家を見つめながら言った。

その家から、男の話し声が聞こえた。まだ、空地のなかの家までは通りから距離があるので、男の声と分かったが、話の内容までは聞き取れない。

「もうすこし、近付いてみますか」

駒造が言った。

「そうだな。賭場に来た客を装って、近くまで行ってみよう」

倉田がそう言って、家へ足をむけた。

そのときだった。賭場らしき家の出入り口の戸が開いて、男がひとり出てきた。遊び人ふうの若い男である。

男は家の前から通りに続いている小径をたどり、倉田たちのいる方へ足早に歩いてくる。

「あの男を捕らえて、話を訊いてみよう。……矢口、そこにある椿の陰に身を隠そう。そして、男が通りに出るのを待って、男の背後にまわってくれ。おれは、男の前に出る」

倉田はそう言って、来た道をすこし引き返し、路傍で枝葉を茂らせている椿の樹陰にまわった。一方、矢口も足早にその場を離れ、椿の陰に隠れた。駒造は、通行人を装ってその場を離れ、すこし離れた道沿いにあった仕舞屋の脇に身を寄せた。

男は倉田たち三人に気付かないらしく、歩調も変えずに歩いてくる。男は賭場らしき家から、倉田たちが通ってきた道に出た。そして、柳原通りの方へ足をむけた。

倉田は椿の樹陰で、男が通りかかるのを待っている。

男は倉田たちにはまだ気付いてないらしく、両肩を振るようにして歩いてくる。

倉田は男が目の前に近付くと、すぐに椿の陰から飛び出した。そして、男の前に立ち塞がった。

男はギョッとしたような顔をして、その場に棒立ちになった。一瞬、何が飛び出してきたのか、分からなかったのかもしれない。

倉田は素早く抜刀した。

これを見た男は後退り、倉田との間がすこし開くと、反転した。逃げようとしたのである。だが、男はその場から動かなかった。目の前に、矢口が立ち塞がっていたからである。

「ち、ちくしょう！　俺を殺す気か」

男は声をつまらせて言い、懐から匕首を取り出した。そして、手にした匕首を前に突き出すようにして身構えた。だが、体勢がくずれ、匕首を持った手は、ワナワナと顫えている。

「おい、そんな構えでは、子供も切れないぞ」

倉田はそう声をかけ、刀の切っ先を男にむけた。そして、刀身を峰に返した。峰打ちにして、男から話を訊いてみようと思ったのだ。

男は倉田が刀身を峰に返したのを見ると、

「殺してやる！」

と叫び、匕首を前に突き出したまま踏み込んできた。必死の形相である。

倉田は素早く右手に体を寄せ、刀を八相に構え直した。

男は倉田に身を寄せ、「死ね！」と叫びざま、手にした匕首を倉田の胸の辺りに突き出した。

タアッ！

鋭い気合とともに、倉田が手にした刀を袈裟に払った。素早い動きである。

刀身が男の突き出した右の手首辺りをとらえた。

ギャッ！と、男は叫び、手にした匕首を落としてよろめいた。

倉田は素早く踏み込み、

「動くな！　動けば、首を斬り落とすぞ」

と、男を見据えて言った。

男はその場に立ったまま身を顫わせている。

そこへ、矢口と駒造が走り寄った。

「この男、どうします」

矢口が、倉田に訊いた。

「話を訊いてみよう」

倉田が、男を見つめて言った。

2

倉田、矢口、駒造の三人は、道沿いで枝葉を茂らせている椿の樹陰に捕らえた男を連れていった。

男は身を顫わせ、青褪めた顔で倉田たち三人に目をやっている。

「おまえの名は」

まず、倉田が訊いた。

男は、いっとき口をつぐんでいたが、

「長次郎(ちょうじろう)でさァ」

と、名乗った。

「長次郎か。あの家は賭場のようだが、貸元(かしもと)は誰だ」

倉田が訊いた。

「貸元は親分でさァ。名は、源五郎で……」

長次郎は、隠さず話した。

「源五郎な。どこかで、聞いたような気もするが」

倉田は、思い出せなかった。矢口と駒造も首を捻っていたが、何も言わなかった。源五郎の名を、知らなかったのだろう。

「源五郎は貸元なら、そこの賭場にはよく来るのだな」

さらに、倉田が訊いた。

「それが、ちかごろは、あまり来ねえんでさァ。賭場の番をあっしらに任せておくだけで、姿を見せないことが多くなったんで……」

長次郎は隠す気がなくなったらしく、よく喋るようになった。

「どうして、来なくなったのだ」

「博奕を打ちにくる奴が、すくねえんでさァ。……天気の悪い日などは、二、三人しか来ねえこともありやす」

「二、三人か。あまり金にはならないな」

倉田は、二、三人しか来ないのでは、賭場を開いても儲からないと思った。貸元、壺振り、代貸、下足番、それにいざという時のために、用心棒なども必要である。賭場に来る客より、開く側の男たちの方が多いようでは、やっていけないだろう。

「そのうち、賭場を閉めると言ってやした」

長次郎が、首をすくめて言った。

「賭場を閉めるのか……」

倉田はそう呟いただけで、いっとき口をつぐんでいたが、

「だが、賭場を閉めてしまったら、どうやって食っていくのだ。どこかに、店でも開いているのか」

倉田が声をあらためて訊いた。珍しいことではない。やくざの親分で、子分や情婦などに、料理屋や小料理屋などをやらせて、そこから得た金で贅沢な暮らしをしたりするのだ。

「店は開いてねえが、近いうちに、大金が入ってくる、と言ってやしたぜ」

長次郎が、口許に薄笑いを浮かべて言った。

「おい、源五郎は何をする気なのだ」

倉田が語気を強くして訊いた。

「喋れねえ……」

長次郎は、首をすくめて言った。そして、顔を伏せ、口を閉じてしまった。

「長次郎、喋らなければ、痛い思いをするだけだぞ」

倉田が威嚇するように声高に言った。

「……」

それでも、長次郎は顔を伏せたまま黙っていた。

「長次郎、おまえは親分を助けるために、己の身を捨てるのだな。……いいか、喋らなければ、拷問にかけるぞ。死ぬまで、やるぞ」

倉田が、長次郎を見すえて言った。

「拷問……」

長次郎の顔から、血の気が引いた。倉田が口にしたことを信じたようだ。

「そうだ。死ぬまで、痛めつづける」

「か、勘弁してくれ」

長次郎が身を顫わせて言った。

「それが嫌なら話せ！」

「……」

長次郎は、戸惑うような顔をしたが、

「ご、呉服屋でさァ、大店（おおだな）の」

と、声を震わせて言った。

「呉服屋が、どうしたのだ」

倉田が身を乗り出して訊いた。

「押し入って、金を……」

長次郎はそう言って、肩を落とした。

「呉服屋に押し入るだと！」

倉田の声が、大きくなった。

「そう聞きやした」

「それで、何処の呉服屋に押し入るつもりなのだ」

倉田は、源五郎たちが襲う呉服屋が分かれば、手を打つことができる、と思った。

「その呉服屋は、本町三丁目にあると聞きやした」

「本町三丁目な。……あの辺りの大店の呉服屋といえば、確か、田島屋だな」

倉田が言った。田島屋は江戸でも名の知れた呉服屋だった。奥州街道沿いにあり、日本橋とも近く、大きな店を構えていた。

「いつ、押し入る気なのだ」

倉田が訊いた。

「分からねえ。……次は田島屋に押し入る、と親分の源五郎が口にしたのを覚えてるんでさァ。本気で言ったのかどうかも、分からねえ」

「いつ、押し入るか、分からないのだな」

倉田は、迂闊(うかつ)に田島屋に話を持っていけない、と思った。確かな証拠でもあれば別だが、そう口にしたのを耳にしただけでは、本当に押し入る気で言ったのか、それとも、冗談半分のやり取りのなかで、そう口にしただけなのか分からない。

そばで話を聞いていた矢口と駒造も、黙ったままだった。田島屋のような大店(おおだな)に押し入るという賊の話を聞いても、そのまま信じることはできないのだろう。

「だが、話を聞いた以上、黙っているわけには、いかないな」

倉田は考え直し、田島屋の者が信じようと信じまいと、耳にした以上、話しておいた方がいいと思った。

そのとき、倉田と長次郎のやり取りを聞いていた矢口が、

「この辺りの大店に、盗賊が押し入るという噂がある、とでも、話しておいたら、どうでしょうか。……店側は用心するでしょうし、賊が入らなくても、こちらを非難するようなことはないはずです」

と、倉田に目をむけながら言った。

「しかし、俺にも考えがある。まかせてくれぬか」

倉田が言うと、その場にいた男たちがうなずいた。

長次郎からは源五郎が大柄なことなど風体や人相を聞き出し、逃がしてやった。

3

翌朝、倉田は矢口とふたりで八丁堀を出ると、田島屋にむかった。盗賊の話をしておくのは、早い方がいいと思ったのだ。

倉田は日本橋を渡り、田島屋のある奥州街道に入ってから、

「矢口、念のため、ここへ来る前に、彦坂さまにも話しておけばよかったかな」

と、歩きながら言った。

「それがしから、あとで彦坂さまに話しておきましょうか」

矢口は、倉田が与力である新十郎の義兄にあたることを知っていたので、そう言ったのである。

「頼む」

倉田が苦笑いを浮かべて言った。

ふたりで、そんな話をしながら歩いているうちに、街道沿いにある田島屋が見えてきた。田島屋は江戸では名の知れた大店で、出入りしている客の姿も多かった。

倉田と矢口は田島屋の前で足をとめ、辺りに目をやった。盗賊にかかわるような男がいるかどうか、見たのである。

倉田と矢口は、それらしい男の姿を目にしなかったので、店の表戸を開けて店内に入った。土間の先に、呉服の広い売り場があった。何人もの客が、店の手代と反物を前にして何やら話していた。その客と手代の間を、丁稚が反物を手にして忙しそうに行き来している。

倉田と矢口が土間に立って店内に目をやっていると、手代と思われる若い男が、そばに来て、

「反物をお求めですか」

と、腰をかがめたまま訊いた。顔に不審そうな表情があった。倉田と矢口を、客とは思わなかったらしい。

「俺たちは、町奉行所の者だ」

倉田が、店内にいる客に聞こえないように手代に身を寄せて小声で言った。

「な、何か御用でしょうか」

手代が声をつまらせて訊いた。両手が、かすかに顫えている。町奉行所の者と聞いて、店がかかわる事件でもあったのかと思ったのかもしれない。

「この店の者の耳に入れておきたいことがあるのだ。……大勢の客のいる売り場で話すことはできない」

倉田は、手代だけに聞こえる声で言った。

手代は驚いたような顔をして、倉田たちを見ると、

「お待ちください。番頭さんに知らせてきます」

そう言い残し、売り場の奥にむかった。帳場格子があり、帳場机を前にして男がひとり、帳簿のような物を捲って（めくって）いた。番頭らしい。

手代は番頭と何やら話していたが、すぐに帳場を離れ、倉田たちのいる場に、もどってきた。

「番頭さんに話してきました。ここで、おふたりと話すわけにはいかないので、奥の座敷に来ていただきたいとのことですが……」

手代は、客に聞こえないように小声で言った。

「承知した」

倉田が言い、売り場に上がった。脇にいた矢口も、倉田につづいた。

手代が倉田と矢口を連れていったのは、帳場の脇から店の奥につづく、廊下だった。帳場にいた番頭は、倉田たちがそばに来たのを見ると、帳場机から離れ、手代の脇にきた。そして、倉田と矢口に頭を下げてから、手代と一緒に歩きだした。

番頭は、五十がらみと思われる年配の男だった。鬢には、白髪が目立つ。長年、この大店の番頭を務めてきたのか、慌てた様子はなかった。

手代と番頭が倉田と矢口を連れていったのは、帳場の奥の座敷だった。そこは上客を案内して呉服の話をし、客の気に入った品物を売るための部屋らしい。

手代はあらためて倉田と矢口に頭を下げてから、番頭に身を寄せ、「お茶をお淹れします」と小声で言って、部屋から離れた。

「どうぞ、腰を下ろしてください」

番頭が座敷の上座に手をむけた。

番頭のすすめで、倉田と矢口は座敷のなかほどに腰を下ろした。番頭は、倉田たちとはすこし間をとって座し、

「てまえは、番頭の源造でございます」

と、名乗り、両手を膝先について頭を下げた。

「俺たちは、町奉行所の者だ。この店のことでな、厄介なことが、起きそうなのだ。それで、店の者にも知らせておこうと思ってきたのだ」

倉田が声をひそめて言うと、矢口は無言でうなずいた。

「どんなことでしょうか」

番頭の顔から穏やかな表情が消えた。困惑したような顔をしている。

「実はな、この店に盗賊が押し入るかも知れないのだ。それで、用心のために、店の者に話しておこうと思ってな」

倉田が小声で言った。

「み、店に、盗賊が押し入るのですか」

番頭は驚いたような顔をし、声をつまらせて言った。思いもしない話だったのだろう。

「そうだ。盗賊が押し入るのだ」

倉田は、はっきりと言った。店の者にただの噂話ではなく、賊が店に押し入る可能性が高いことを認識させ、被害を少なくするためである。

「い、いつです」

番頭の顔から、血の気が引いた。体が激しく顫えだした。

「押し込む日が、いつなのか分からない。いずれにしろ、近いうちと、みておいた方がいい」

倉田が言うと、脇に座していた矢口がうなずいた。

「ど、どうすれば、いいんでしょうか」

番頭は、倉田に縋るような目をむけて訊いた。

「賊に入られたとしても逆らわないことだ。奉公人たちにも、賊が入ってきたら、逆らわずに身を隠すように話しておくといい」

「そうします」

「被害ができるだけすくなくなるように、ここしばらくの間、店の金は内蔵でなく、別の場所に隠しておくのだな。……ただ、内蔵にも、すこしだけ残しておいた方がいい。賊は、内蔵のなかに金がないと、別の場所に隠してあると思うからな」

「分かりました」

番頭が、うなずいた。倉田と話しているうちに、賊が侵入しても、何とかなると覚悟を決めたらしい。

それから、倉田と矢口は番頭と盗賊のことでいっとき話し、手代が盆に載せて運んできた茶を飲んでから腰を上げた。

4

倉田と矢口が、田島屋で盗賊の話をした十日後だった。倉田が奉行所に出仕するため、組屋敷から出ると、通りの先に矢口の姿が見えた。矢口は供を連れずに、足早に近付いてくる。

……何かあったらしい！

倉田はそう思い、足を速めた。

矢口は近付いてくる倉田の姿を目にすると、小走りになった。

倉田は矢口と路傍で顔を合わせ、

「や、矢口、どうした」

と、声をつまらせて訊いた。

「田島屋に賊が押し入ったようです！」

矢口が声高に言った。

「いつだ！」

倉田は、すぐに訊いた。まだ、賊が押し入ったことは、倉田の耳に入っていなかったのだ。

「一昨日のようです。昨日、それがしの知り合いの男が、たまたま田島屋の前を通りかかり、店先に人だかりができているので、店内で何があったのか、訊いたそうです。それで、賊が田島屋に押し入ったことが知れたのです」

「田島屋の被害は？……殺された者が、いるのか」

倉田は矢口に身を寄せて訊いた。

「幸いなことに、たいした被害ではなかったようです。田島屋の者はみんな無事で、手傷を負った者もいないそうです」

「それは、よかった」

倉田はほっとした。金品ならともかく、奪われた命は、取り戻すことができないのだ。

「賊に内蔵をやぶられましたが、奪われた金銭はわずかなようです。それがしが聞いた話だと、田島屋は賊が店内に侵入することも考え、内蔵に大金は置かなかったそうです。金銭の多くは、店の外の物置に隠したらしい。……賊は、物置に金銭が隠してあるなどとは、思ってもみなかったようです」

　矢口はそう言って、表情を和ませた。

「田島屋が自力で、盗賊を押し返したということだな。呉服屋とは思えない」

　倉田が笑みを浮かべた。

「これで、田島屋も盗賊のことを心配せずに、商売に身を入れることができますね」

「そうだな」

　倉田はそう言ってうなずいた後、

「盗賊のことで、他に耳にしたことはないか。田島屋は自分の店を守ることができたので、これ以上のことはないだろうが、俺たち町方にとっては、盗賊に逃げられたのと同じだからな」

　と、矢口に顔をむけて訊いた。

「あります！」

　矢口が身を乗り出して言った。

「あるか。話してくれ」

「深夜、田島屋の手代がたまたま目を覚まし、厠に行こうとして手代部屋から出ようとしたそうです。そのとき、廊下を歩いてくる何人もの足音を耳にし、盗賊ではないかと思ったようです」

矢口はそこまで話して一息つき、さらに話をつづけた。

「手代は、音をたてないように手代部屋に敷いてあった布団にもぐり込み、眠っている振りをしたそうです」

「それで、どうした」

倉田が話の先をうながした。

「そのとき、手代は賊が話しているのを耳にしたようです。……手代の話だと、賊のひとりが、呉服屋の大店に入っても、大金は手に入らない、と仲間に話したとか」

「内蔵の金だけだったからな」

倉田が小声で言った。

「そうです。……話しておきたいのは、そのとき賊のひとりが口にしたことです」

「何を口にしたのだ」

「賭場です」

「賭場だと。どういうことだ」

倉田が身を乗り出して訊いた。

「賊のひとりが、呉服屋の大店に押し入っても、たいした金は手に入らない。賭場を開いた方が金になる、と話したそうです。すると、別の男が、明日からは賭場だな、と口にしたようです」

「明日からは賭場、そう言ったのだな」

倉田が念を押すように訊いた。

「そうです」

「明日、あの賭場に行ってみるか」

倉田が矢口に顔をむけて言った。

「そうですね」

矢口は、すぐに同意した。

「明日は、平永町だ！」

倉田が声高に言った。すでに、倉田たちは平永町にある賭場を探ったことがあったので、様子が分かっている。

「また、ふたりで、平永町に行ってみますか」

矢口が身を乗り出して言った。

「駒造にも、声をかけておくか」

倉田は賭場を探るなら、駒造も役にたつと思ったのだ。

「四ツ（午前十時）ごろ、また、日本橋のたもとで待ってます」

「そうしてくれ」

倉田は、賭場を探るだけで、貸元の源五郎や仲間の武士を捕らえることは難しいと思った。ただ、源五郎たちをこのままにしておくと、また商家に押し入るような事件が起こるかもしれない。

5

田島屋に賊が押し入った三日後、倉田は八丁堀にある組屋敷を出ると、矢口と待ち合わせることにしてあった日本橋にむかった。

倉田は、矢口と一緒に平永町にある賭場へ行ってみるつもりだった。賭場の貸元でもある源五郎が、姿を見せるかもしれない。子分たちが何人もそばにいれば、その場で源五郎を捕らえることは無理だが、改めて捕方(とりかた)を連れて平永町へむかう手もある。

倉田が日本橋のたもとまで行くと、矢口と駒造が待っていた。

昨日、駒造がちょうど八丁堀の組屋敷に姿を見せたので、「明日、平永町へ行ってみるつもりだ。一緒に行くか」と倉田が口にすると、「もちろん、お供しや
す」と駒造が身を乗り出して言った。

「待たせたか」

倉田が矢口に訊いた。

「いや、来たばかりです」

矢口が言うと、脇に立っていた駒造が身を乗り出して、「あっしも、来たばか
りでさァ」と、倉田に言った。

「出かけるか」

倉田が矢口と駒造に目をやって言った。

「行きやしょう」

駒造が意気込んで言った。

倉田たち三人は日本橋を渡り、人出の多い街道を北にむかった。そして、神田

川にかかる昌平橋のたもとに出た。そこは、八ツ小路だった。大勢の人が行き交っている。

倉田たちは、八ツ小路から右手に折れ、柳原通りに入った。そして、平永町まで来ると、見覚えのある蕎麦屋の脇の道に入った。その道沿いに、源五郎が貸元をしている賭場がある。

倉田たちが蕎麦屋の脇道に入っていっとき歩くと、空地のなかにある大きな家が見えた。その家が、賭場になっているのだ。

「賭場を開いている様子は、ありませんね」

矢口が言った。

「そうだな。まだ、賭場を開くには早いのだろう」

倉田が、家を見ながら言った。

「賭場に、近付いてみますか」

矢口が倉田に訊いた。

「様子を見てからだな。……賭場になっている家に、源五郎の子分が何人もいると、俺たちがやられるぞ」

倉田は、迂闊に賭場になっている家に近付くのは危険だと思った。

ある。

「そこの椿の陰に隠れて、様子を見ますか」

矢口が言った。椿の陰は以前倉田たちが賭場を探ったとき、身を隠した場所で

「そうだな」

倉田が、先にたった。そして、椿の陰に身を隠した。矢口と駒造も、すぐに椿

の陰にまわった。

「誰かいるようだ」

倉田が賭場になっている家に目をやって言った。

「男のようです」

矢口は、賭場になっている家から男の声がしたのを耳にしたのだ。

「武士では、ないようだ」

倉田がさらに、ふたりいるようだ、と言い添えた。家から男同士のやりとりが

聞こえたが、かすかな声なので、話の内容までは聞き取れない。

それから半刻（一時間）ほど経ったとき、

「家から、誰も出てこねえ。踏み込んでみやすか」

と、駒造が痺れを切らして言った。

「そうだな。いつ出てくるか、分からんからな」

倉田は矢口に顔をむけ、「踏み込むか」と小声で訊いた。

そのとき、賭場になっている家に目をやっていた矢口が、

「誰か、出てきた！」

と、身を乗り出して言った。

倉田と駒造も、家の戸口に目をむけた。遊び人ふうの男がひとり、家の戸口の板戸を開けて姿を見せたのだ。

「あいつ、源五郎の子分に、ちげえねえ」

駒造が、姿を見せた男を睨むようにして言った。

男は家から出ると、空地のなかの小径をたどり、倉田たちが身を隠している方へ歩いてきた。

「どうします」

矢口が、倉田に訊いた。

「あの男を捕らえよう。田島屋に押し入った後の源五郎たちの動きが分かるはずだ」

倉田が、身を乗り出して言った。

「あの男が通りに出たら、俺が後ろにまわります」

矢口が言った。

「よし、俺は前にまわって、やつを峰打ちで仕留めよう」

倉田は男を見据えたまま言った。


一方、家から出てきた男は、倉田たちが身を潜めているのに気付かないらしく、肩を振るようにして小径を歩いてくる。

そして、道沿いで枝葉を茂らせている椿の木のそばまできた。そのとき、椿の陰から、倉田と矢口が飛び出した。駒造も姿を見せたが、椿から離れなかった。この場は倉田と矢口にまかせる気なのだろう。

男はギョッとしたような顔をして、その場に棒立ちになった。何者が飛び出してきたのか分からなかったのだろう。

倉田が男の前に、矢口は後ろにまわった。

「て、てめえたちは！」

男が目をつり上げて叫んだ。そして、懐（ふところ）に手をつっ込んだ。匕首（あいくち）でも忍ばせているのだろう。

「匕首は捨てろ！」

倉田が男を見据えて言った。

男は前に立ち塞がった倉田を見返し、

「殺してやる！」

と、叫び、手にした匕首を前に突き出すように構えて踏み込んできた。

倉田は男が近付くと、体を右手に寄せざま、

「匕首を捨てろ！」

と、声高に言った。

だが、男は匕首を放さず、さらに一歩踏み込んだ。

タアッ！

倉田が鋭い気合を発し、手にした刀を袈裟に払った。一瞬の太刀（たち）捌（さば）きである。

男は悲鳴を上げ、手にした匕首を落とした。倉田の峰打ちが、匕首を握っていた男の右腕をとらえたのだ。

「動くな！」

倉田は、その場から逃げようとして後退りした男の胸元に切っ先を突き付けた。

「た、助けて！」

男は叫び、顫えながらその場に棒立ちになっている。

「おとなしくしていれば、殺すようなことはしない」

倉田が穏やかな声で言うと、男の顫えはとまった。

「おまえの名は」

倉田が訊いた。

「ま、政吉でさァ」

男が声をつまらせて名乗った。

「賭場には、おまえの他に誰か仲間がいたのか」

「い、いねえ」

話し声が聞こえたのは政吉の仲間でないらしい。

「親分の源五郎は、いないのだな」

倉田が念を押した。

「来てねえ。……ちかごろ、親分は賭場に来ねえ日もあるんでさァ」

政吉が顔をしかめて言った。

「賭場を開かない日もあるのか」

「ありやす。今日もそうでさァ。ただ、賭場に来る男には開かない日を話してあるので、揉めることはねえんで……」

「それで、次に賭場を開く日はいつだ」

倉田が訊いた。

「明後日（あさって）でさァ」

すぐに、政吉が言った。

「明後日か」

倉田は脇にいる矢口に目をやって言った。

矢口は無言でうなずいた。双眸（そうぼう）が鋭いひかりを宿している。矢口は、賭場の開く日のことを考えたのだろう。

倉田と矢口が口を閉じ、その場が静まると、

「あっしを、帰（けえ）してくだせえ」

政吉が首をすくめて言った。

「帰してもいいが、俺たちのことは話すなよ。……いいか、俺たちが政吉から親分たちのことを聞いたと話せば、おまえの首が飛ぶぞ」

「話さねえ！　旦那たちのことは、話さねえ」

政吉が向きになって言った。

6

倉田は賭場の近くで政吉から話を聞いた二日後、矢口と駒造を連れ、三人で賭場にむかった。賭場に、親分の源五郎が姿を見せれば、捕らえるなり、討つなりするいい機会ではないか、と思ったのである。

倉田たち三人は八丁堀を出ると、平永町にむかった。そして、平永町に入ると、二日前に通った道筋をたどり、空地のなかにある家の近くまで来た。賭場になっている家だ。

倉田たちは、路傍で枝葉を茂らせている椿の陰に身を隠した。そこは、賭場を見張るいつもの場所である。

「誰かいるようですよ」

駒造が、家を見つめて言った。

「ひとりではないな。何人か、いるようだ」

倉田が言うと、脇にいた矢口がうなずいた。

家の中から、ひとりではなく何人かの男の話し声が聞こえたのだ。

「武士ではないようです」

矢口が言った。

「そうだな」

倉田にも、家のなかにいる男の口調から、武士でないことが分かった。ただ、話の内容までは、よく聞き取れない。

「賭場をひらく準備をしているのかもしれませんよ」

矢口が、空地のなかにある家を見つめて言った。

「政吉が言っていたとおり、これから、賭場が開かれるようだ。おそらく、半刻もすれば、親分の源五郎をはじめ、壺振りなどが姿を見せるだろう」

倉田はそう言って、矢口と駒造に目をやった。ふたりは黙したままうなずき、通りの先に目をやった。

それから、小半刻（三十分）ほど経ったろうか。通りの先に目をやっていた駒造が、

「来た！　きっと源五郎たちだ」

と、身を乗り出して言った。

見ると、通りの先に何人もの男の姿が見えた。七、八人いるだろうか。遠方で

はっきりしないが、ひとりは大柄な風体からして源五郎のようだ。男たちのなかには、武士の姿もあった。恐らく、用心棒として連れてきたのだろう。

「ど、どうしやす」

駒造が声をつまらせて訊いた。

「あれだけ子分たちがいると、おれたち三人で、手を出すことはできないぞ。下手に仕掛けると、逆にやられる」

倉田は、この場で源五郎たちに手を出せないと思った。

「来るぞ！　源五郎たちが」

駒造が声を殺して言った。

倉田たちは、遠くからは見えないように椿の樹陰に身を寄せ合った。この場で、源五郎たちとやりあえば、倉田たちが、後れを取る。

源五郎たちは、次第に近付いてきた。一行は、七人だった。親分の源五郎と思われる男の他に、壺振り、賭場で貸元の代わりをする中盆（なかぼん）、用心棒の武士、それに賭場の世話役のような立場の男もいるようだ。

源五郎たちが、樹陰にいた倉田たちの近くまで来たとき、身を乗り出すようにして見ていた駒造が、樹陰から出ようとした。

咄嗟に、倉田は駒造の肩先をつかんで、樹陰から出るのをとめた。

源五郎たち一行は倉田たちに気付かず、すぐ前を通って賭場にむかった。そして、賭場のある家の前に広がっている空地を抜け、家の戸口まで来た。すると、子分と思われる二人の遊び人ふうの男が姿を見せ、源五郎たちを迎え入れた。

倉田たちは、樹陰で源五郎たち一行が賭場になっている家に入るのを見ていたが、その姿が消えると、

「どうしやす、俺たちも賭場に入りやすか」

駒造が訊いた。

「今、賭場に入れば、俺たちは皆殺しだぞ」

倉田が苦笑いを浮かべて言った。

「そうだな。あの家には、子分たちと親分の源五郎、それに同行した二本差しもいる。俺たち三人では、太刀打ちできないな」

矢口が、残念そうな顔をして言った。

「どうしやす」

駒造が、訊いた。

「しばらく待つか。親分の源五郎は、しばらくすれば賭場になっている家から出

てくるはずだ」

倉田が駒造と矢口に目をやり、親分の源五郎はいつまでも賭場にとどまらず、博奕を打ちにきた男たちに挨拶し、いっとき様子を見たら、後を源五郎の代役をする中盆と呼ばれる男にまかせ、賭場を出るだろうと繰り返し話した。

倉田がつづいて口にしたところによると、親分が賭場にいて、博奕を打ちにきた客に目をやっていると、その場にいる客は硬くなって、勝負が楽しめないという。

「親分が、賭場から出てきたときを狙うんですかい」

駒造が身を乗り出して訊いた。

「そのつもりだ」

倉田は、源五郎が賭場からの帰りに連れてくる子分の人数にもよるが、捕らえる機会があるかもしれないと思った。

倉田たち三人は樹陰にとどまり、源五郎たちが賭場から出てくるのを待つことにした。そうしている間に、賭場に博奕を打ちにきたと思われる遊び人ふうの男や職人ふうの男、それに牢人などが、ひとりふたりと家に入っていった。

7

「出てこねえなァ」

駒造が両手を突き上げて伸びをした。

倉田たち三人が、その場で賭場になっている家を見張るようになって、一刻（二時間）ほども経っていたが、賭場から源五郎は出てこなかった。

「慌てるな。そのうち、出てくる」

倉田がそう言ったときだった。

「誰か、出てきた！」

と、矢口が身を乗り出して言った。

賭場になっている家の戸口から、遊び人ふうの男が三人姿を見せた。三人は、源五郎の子分であろう。その三人につづいて、同行した牢人体の武士、その後に源五郎が出てきた。

さらに、源五郎につづいて、牢人体の武士と遊び人ふうの男がふたり、姿を見せた。総勢八人である。八人のうちひとりだけ、遊び人ふうの男が戸口にとどまった。下足番らしい。

総勢七人になった男は、賭場になっている家を出ると、家の前に広がっている空地のなかの小径をたどって表通りの方へ歩いてきた。

「来るぞ！」

矢口が、七人の男たちを見つめて言った。

「どうしやす」

駒造が訊いた。

「ここで、源五郎たちを見逃す手はないな。相手は七人だが、武士はふたりだ。何とかなるかもしれん」

倉田が言うと、そばにいた矢口と駒造がうなずいた。

「七人を相手にせず、源五郎だけを狙おう。……矢口、俺とこの場を飛び出し、源五郎の前に立ってくれ。後ろに俺がまわる。矢口は源五郎からすこし間をとって、刀の切っ先のとどかない場所にいてくれ。矢口に気をとられている間に、おれが源五郎に一太刀浴びせる」

倉田が言った。声がいつになく昂っている。倉田のような男でも、何人もの敵と戦う前は、気持ちが昂るのだろう。

「承知しました」

矢口の声も、上擦っていた。

「あっしは、どうしやす」

脇から、駒造が訊いた。

「駒造はそばに近寄らず、すこし離れた場から敵に石でも投げてくれ」

「そうしやす！」

駒造が、近付いてくる源五郎たちを見据えて言った。

倉田たちがそんなやりとりをしている間に、源五郎たちが近付いてきた。

源五郎の前にいた武士が、ふいに足をとめ、

「木の陰に、誰かいる！」

と、声を上げた。

その声が合図であったかのように、樹陰にいた倉田、矢口、駒造の三人が通りに飛び出した。

倉田たちの姿を見た源五郎たち七人の男は、ギョッとしたように、その場に棒立ちになった。一瞬、何が飛び出してきたのか、分からなかったようだ。

倉田は抜き身を手にしたまま源五郎のそばにいた牢人体の武士に近付き、鋭い

気合とともに刀を袈裟に払った。素早い動きである。

一瞬、武士は身を引いたが、倉田の動きが速く間に合わなかった。武士の小袖が肩から胸にかけて切り裂かれ、露わになった肩から血が流れ出た。だが、致命傷になるような深手ではない。

「おのれ！」

武士は叫びざま、抜刀した。そして、正眼に構えて切っ先を倉田にむけた。その切っ先が震えている。肩を斬られたことで、両腕に力が入り硬くなっているのだ。

「おい、震えているぞ。怖いのか」

倉田が揶揄するように言った。武士を逆上させるためである。

「殺してやる！」

武士は目をつり上げて叫び、振りかぶりざま袈裟に斬り込んできた。

だが、速さも鋭さもない一撃だった。

咄嗟に倉田は身を引いて、武士の切っ先をかわした。そして、すかさず刀を上段に振りかぶり、真っ向に斬り下ろした。一瞬の早技である。

ザクリ、と武士の額が縦に裂けた。額から血が吹き出し、あっという間に、武士の顔が真っ赤に染まった。

武士は呻き声を上げてよろめき、足がとまると、腰から崩れるようにその場に倒れ、地面に俯せになった。

武士は、低い呻き声を洩らし、体を顫わせていたが、いっときすると動かなくなった。死んだらしい。

このとき、倉田のそばにいた遊び人ふうの男が、倉田たちに殺されると思ったらしく、

「親分、逃げてくれ！　殺される」

と、叫んだ。

この声で、源五郎ともうひとりの武士が身を引き、反転して走りだした。これを見た遊び人ふうの男たちが、源五郎と武士の後を追って逃げた。

駒造が逃げる源五郎たちを追って、走りだそうとすると、

「駒造、追うな！」

と、倉田が声をかけてとめた。倉田は下手に追うと、武士の逆襲に遭うとみたのである。

駒造は足をとめ、倉田たちのいる場にもどった。

倉田たち三人は、無事だった。倉田の胸のあたりが血に染まっていたが、武士を斬ったときの返り血である。

「親分の源五郎に、逃げられたな」

倉田が、通りの先に目をやって言った。

次に口を開く者がなく、その場が沈黙につつまれると、

「殺した武士の名が、分かりましたよ。……逃げる男のひとりが、山田さまが、斬られた、と口にしたのを耳にしたんでさァ」

「山田か。いずれにしろ、生薬屋の宗兵衛を襲ったひとりかもしれんな」

倉田が、つぶやくような声で言った。はっきりしたことが、分からなかったからだろう。

「これからどうします」

矢口が訊いた。

「今日のところは、帰ろう」

倉田が、矢口と駒造に目をやって言った。

第三章　隠れ家

1

「橋のたもとにいるのは、矢口さまです」

駒造が、日本橋のたもとを指差して言った。

倉田が日本橋に目をやると、橋のたもとに立っている矢口の姿が見えた。どうやら、倉田を待っているらしい。

倉田は矢口と駒造の三人で、柳原通りの近くにある賭場へ行ってみるつもりだった。

賭場の貸元をしている源五郎が、姿を見せなくなって五日経っていた。倉田は、賭場がそのまま放置されているとは思わなかった。熱(ほとぼり)がさめたころ、賭場だった家に源五郎たちがあらわれ、子分たちに指図して、ふたたび賭場を開くのではないか、と思ったのである。

倉田たちは日本橋通りを北にむかい、八ッ小路に出てから右手に折れて柳原通りに入った。何度も行き来していたので迷うようなことはない。

倉田たちは平永町まで来ると、蕎麦屋の脇の道に入った。その道の先に、源五郎が貸元をしている賭場がある。

いっとき歩くと、道沿いの空地のなかにある家が見えてきた。賭場として使われている家である。

倉田たち三人は家に近付くと、路傍に足をとめた。

「家は閉まっているな」

倉田が言うと、そばにいた矢口が、

「誰もいないようです」

と、呟くような声で言った。駒造はうなずいただけで、何も言わなかった。

「家に踏み込んでみるまでもないか」

倉田がつぶやいた。

「賭場も、今日は開かれないようです。開くなら、早いうちから子分たちが来ているはずです」

そう言って、矢口は首をひねった。

「あの家で、賭場を開く気はなくなったのかな」

倉田が言うと、黙って空地のなかの家に目をやっていた駒造が、

「せっかく、ここまで来たんだ。近所で、聞き込んでみやすか」

と、倉田と矢口に目をやって言った。

「そうしよう。……どうだ、三人で一緒に聞き込みにあたるより、別々の方が埒(らち)が明くぞ」

倉田が言った。

「一刻(いっとき)(二時間)ほどしたら、またこの場にもどることにして、ここで別れて聞き込みますか」

矢口がそう言って、倉田と駒造に目をやった。

「それがいい」

倉田が言い、三人はその場で別れた。

ひとりになった倉田は通りに目をやり、賭場のある空地から半町ほど先の道沿いに八百屋があるのを目にとめた。店の親爺らしい男が、店先で女と何か話している。

女は大根らしい物を手にしていた。女は野菜を買いに来て、店の親爺と立ち話を始めたらしい。

倉田は、八百屋の親爺に賭場のことを訊いてみようと思った。賭場のある空地からは近いし、近所の住人が野菜を買いに来て、噂話をすることが多いだろう。賭場のことも話に出るはずである。

倉田が八百屋に近付くと、店先にいた親爺と客の女は話をやめて振り返った。ふたりは、不安そうな顔をしている。

「また、来るね」

客の女はそう言い残し、大根を抱えたまま店先を離れた。

親爺は倉田を見て、戸惑うような顔をした。近付いてくる武士が、客とは思えなかったのだ。

親爺は、大根が並べられた台のそばから店内に戻ろうとした。

これを見た倉田は、「しばし、しばし」と、すこし離れた場から声をかけた。

親爺は倉田の声が聞こえたらしく、どうしようか迷ったようだったが、大根が並べられた台の脇に立ったままだった。武士が野菜を買いにきたとは思えなかったが、話だけでも聞いてみようと思ったのだろう。

倉田は親爺のそばまで来ると、

「すまん、すまん。ちと、訊きたいことがあるのだ」

と、笑みを浮かべて言った。親爺に、これ以上警戒されないようにそうしたのである。

「何でしょうか」

親爺が腰を低くして訊いた。顔に不安の色はなかった。倉田の笑みを見て、危害をくわえられることはないと思ったようだ。

「そこの空地のなかに、家があるな」

倉田が小声で言った。

親爺の顔にまた警戒するような表情が浮いた。倉田が口にした家が、賭場になっていることを知っているのだろう。

「大きい声では言えないのだがな。俺は、これが好きでな」

倉田は小声で言い、博奕の場で壺振りが、壺を振るような真似をして見せた。

「そうですかい」

親爺が、倉田の顔を見ながら小声で言った。

「いや、せっかく来たのに、賭場は閉まっている」

　倉田は苦笑いを浮かべた。

「……」

　親爺は、口を閉じたままうなずいた。顔の警戒の色が薄れている。倉田のことをただの博奕好きとみたようだ。

「賭場は、開かないのか」

　倉田が声をひそめて訊いた。

「どうですかね。……また、開くはずですよ。これまでも、何日か賭場を開かなかったことがありましたから」

「そうか。また、何日かすれば、賭場を開くか」

　倉田が、世間話のような口調で言った。

「近いうちに、開くと思いますよ」

　親爺はそう言うと、倉田から離れて店内にもどりたいような素振りを見せた。見知らぬ男と話し過ぎたと思ったのだろう。

「商売の邪魔をしたな。日をおいて、来てみよう」

　倉田はそう言って、親爺の前から離れた。

　それから、倉田は通り沿いにあった他の店にも立ち寄って、それとなく賭場のことを訊いたが、新たなことは分からなかった。

だいぶ時間がたったので、倉田は矢口たちと別れた場にもどった。矢口と駒造の姿があった。倉田がもどるのを待っていたらしい。

2

「帰り道で、話すか」

倉田が、矢口と駒造に目をやって言った。

「そうしやしょう」

すぐに、駒造が言った。矢口は黙ったままうなずいた。

倉田は来た道を引き返しながら、「俺から話す」と言って、聞き込んだことを一通り話してから、

「そのうち賭場を開くようだが、近頃は閉まったままらしい」

そう言った後、矢口と駒造に目をやり、「何か知れたことがあったら、話してくれ」と言い添えた。

すると、駒造が倉田に目をむけ、

「平永町の、賭場に行く途中に、蕎麦屋がありやしたね」

と、念を押すように訊いた。

「あったな」

すぐに、倉田が言った。

「あっしが話を聞いた親爺は、仕事の帰りにその蕎麦屋で一杯やることがあるそうで……。その親爺が、蕎麦屋で、何度か賭場の貸元をしている親分と子分らしい男が、一杯やりながら蕎麦をすすっているのを見たことがある、と言ってやした」

駒造が、歩きながら話した。

「その蕎麦屋の者なら、源五郎や子分たちのことを知っていそうだな」

倉田が、駒造と矢口に目をやって言った。

「帰りに、その蕎麦屋に寄ってみますか」

そう言って、矢口が倉田に目をやった。

「そうだな、すこし腹が減ったので、蕎麦でもすすりながら親爺に訊いてみるか」

倉田が言うと、

「そうしやしょう」

駒造が身を乗り出して言った。

倉田たち三人が、通り沿いの店屋に目をやりながら歩いていると、駒造が、

「そこの蕎麦屋だ」

と、指差して言った。

通り沿いに、蕎麦屋にしては洒落た店があった。出入り口に、暖簾が出ている。その暖簾の脇に、「蕎麦、酒、安田屋」と書かれた掛看板が出ていた。蕎麦だけでなく、酒も出すらしい。

「この店だな。入ってみよう」

倉田がそう言って先にたち、安田屋の暖簾をくぐった。

店内は思ったより広かった。店に入るとすぐ、狭い土間の先が小上がりになっていた。小上がりの先に、障子がたててあった。上客用の座敷になっているらしい。

「いらっしゃい」

店の奥から年増が姿を見せ、倉田たちに声をかけた。女将らしい。

「蕎麦をもらうかな」

倉田が言った。

「小上がりに、どうぞ。すぐに支度をしますが、お酒はどうします」

女将が、倉田たちに目をやって訊いた。

「酒も貰うか」

倉田が言うと、脇にいた駒造が目を細めてうなずいた。矢口は表情も変えずに、店内に目をやっている。

倉田、矢口、駒造の三人は、小上がりに腰を落ち着けた。いっときすると、女将と若い娘が姿をみせた。娘は店の使用人であろう。

娘が右手で盆に猪口と肴の盛られた小皿をのせて持ち、女将が酒の入った徳利を持って小上がりに入ってきた。

ふたりは倉田たちの膝先に徳利と肴の入った小皿を置き、

「ごゆっくり、何かあったらお声をかけてください」

と、女将が言い、娘とともに小上がりから出ようとした。

「待て！」

倉田がふたりを呼び止めた。

「何でしょうか」

女将が不安そうな顔をして訊いた。自分たちに、何か落ち度でもあったと思ったのかもしれない。

「ちと、訊きたいことがあるのだがな」

倉田が愛想笑いを浮かべて言った。

「お訊きになりたいこととは」

女将はあらためて座り直した。一緒にきた若い娘も、女将の脇に座って倉田たちに目をむけている。

「この店に、俺の知り合いの源五郎という男が時々くるのだが、知っているかな」

倉田が穏やかな顔をして訊いた。

「源五郎さまですか……」

女将は首をかしげた。思い浮かばないのかもしれない。

「源五郎は大柄な男でな。町人だが、武士と一緒にくることが、あるかもしれない」

倉田が言うと、

「あの方ですか」

女将は、うなずいた。どうやら、源五郎のことを知っているらしい。

「この店に来ることがあるのだな」

倉田が念を押した。

「はい、時々お見えになります」

そう言って、女将は居住まいを正した。

「ところで、源五郎はこの店に大勢で来るのか」

倉田は、源五郎が用心棒として武士を連れてきたとしても、一人なら、ここにいる三人だけでも、捕らえることができると思ったのだ。

「四、五人の方が、御一緒されることがあります」

女将が、声をひそめて言った。見ず知らずの客に、別の客のことは喋りたくないのだろう。

「四、五人な」

倉田がつぶやいた。

「わたしは、これで……」

女将はあらためて倉田に頭を下げ、娘とともにそそくさと小上がりから出て行った。

女将の足音が聞こえなくなると、

「一緒にくる男たちのなかに、二本差しがいるだけでなく、他に何人もいるとなると厄介ですなァ」

駒造が渋い顔をして言った。

「そうだな」

倉田も、この店にきた源五郎たちを捕縛するのは、むずかしいと思った。大勢の捕方を連れてくれば別だが、ここにいる三人だけでは太刀打ちできない。下手に仕掛ければ、反撃に遭うだろう。

次に口を開く者がなく、その場が重苦しい沈黙につつまれたとき、

「どうですかね。ここで、源五郎たちが一杯やっていることが分かったら、店に踏み込まず、出てくるのを待ったら」

駒造が、倉田と矢口に顔をむけて言った。

「店から出てくるのを待って、どうするのだ」

倉田が話の先を訊いた。

「何人で来るか分からねえが、源五郎たちが同じ家に住んでるとは思えねえ。一杯やった後、賭場に行くこともねえでしょう。どこかで、別々になるはずです

ぜ」

駒造が言った。

「そうだな」

倉田は、駒造の言うとおりだと思った。源五郎たちの塒(ねぐら)は別だろう。

「塒が別なら、源五郎たちはどこかで別々になるはずですぜ」

そう言って、駒造は倉田を見た。

「そうか！　源五郎がひとりになったところを襲えば、何人もの捕方がいなくても、捕らえることができるな」

倉田は脇にいた矢口に目をやってそう言った後、

「うまくすれば、源五郎だけでなく、他の仲間も捕らえることができるかもしれない」

と、虚空(こくう)を見据えて言った。

次に口を開く者がなく、その場が静寂につつまれたとき、

「まァ、飲め」

倉田が徳利を手にして駒造にむけた。

「いただきやす」

駒造は、猪口を差し出した。

倉田は猪口に酒をついでやりながら、

「いずれにしろ、明日からだ」

と、つぶやいた。倉田の胸の内には、何としても源五郎や仲間たちを捕らえたいという強い思いがあったのだ。

3

その二日後だった。倉田はしばらく奉行所へ出仕していなかったので、今日は行こうと思っていた。そこで、朝餉を終えた後、母親のまつに手伝ってもらって着替えていると、戸口で小者の利助と駒造の声がした。

……何かあったようだ。

と、倉田は思った。駒造は倉田と一緒に事件の探索に当たることが多かったが、八丁堀にある倉田の住む屋敷に顔を出すことは滅多になかった。

倉田は着替えを終えると、急いで戸口にむかった。そして、戸口から出ると、駒造が足踏みしながら待っていた。

「駒造、どうした」

すぐに、倉田が訊いた。

「旦那、大変だ！　柳原通りで、殺しがあったんでさァ」

駒造が言った。

「殺しだと！」

「それも、ふたりのようですぜ。殺されたのは、商家の旦那と手代らしい」

駒造はすこし声を落とした。家のなかにいる倉田の家族に、声が聞こえると思ったらしい。

「駒造、柳原通りから、ここまで来たのか」

倉田は、それにしては早すぎると思った。

「話を聞いたのは、昨日の夕方なんでさァ。……昨日は夜になっちまったんで、今朝、暗いうちに起きて、知らせに来たんで」

「それで、下手人は分かっているのか」

倉田は、自分が探索にあたっている田島屋に押し入った賊とかかわりがあるなら、これから柳原通りまで行ってみようと思った。

「かかわりがあるかどうか分からねえが、あっしが耳にした話だと、殺しの現場は平永町にある賭場の近くらしいんでさァ」

「なに、賭場の近くだと!」

倉田は、現在、探索にあたっている田島屋の事件とかかわりがある、と確信した。

「行こう」

倉田は、すぐに事件現場へ行こうと思った。ただ、殺されたのは昨日らしいので、遺体は残っていないだろう。

倉田は、戸口近くにいた母親のまつに、「事件があったようです。これから、平永町まで行ってみます」と言って、戸口から離れた。

まつは戸口まで送って出ると、心配そうな顔をして、倉田に目をやっている。

倉田と駒造は八丁堀を出て、日本橋にむかった。人出の多い日本橋通りを北にむかい、八ツ小路に出ると、右手に足をむけた。そこは、神田川沿いにつづく柳原通りである。柳原通りは、相変わらず人出が多かった。様々な身分の老若男女が行き交っている。

倉田たちは平永町まで来ると、見覚えのある蕎麦屋の脇の道に入った。その道沿いに、賭場はある。

いっとき足早に歩くと、前方に賭場として使われている家が見えてきた。

「変わった様子は、ないぞ」

倉田が、賭場に使われている家を見つめて言った。

家はひっそりとしていた。人声も物音も聞こえない。

「誰もいないのかな」

倉田は、首を捻った。

「近所の住人に、訊いてみやすか」

そう言って、駒造が通りの先に目をやった。

見ると、一町ほど先の路傍に土地の住人らしい男がふたり立っていた。ふたりとも、すこし腰が曲がっている。世間話でもしているようだ。

「あのふたりに、訊いてみやす」

駒造はそう言い残し、小走りにふたりに近付いた。倉田はその場に残って、駒造に目をやっている。

ふたりの男は駒造がそばに来ると、話をやめた。驚いたような顔をしている。

「訊きたいことがあるのだがな」

駒造が、笑みを浮かべて言った。ふたりを驚かさないように気を使ったようだ。

「何です」

　年上と思われる男が訊いた。

「そこの空地のなかに、家があるな」

　駒造は声をひそめて言った。

「ありますが……」

　男はそう言った後、脇にいた小柄な男に目をやった。小柄な男は戸惑うような顔をして、うなずいた。

「大きな声では言えないんだがな。あの家が賭場になっているのを知っているか」

　駒造がふたりに身を寄せて小声で言った。

　ふたりの男は口を閉ざしたまま、戸惑うような顔をしている。

「俺は、博奕好きでな。来てみたんだが、閉じているのよ。……もう、賭場はひらかないのか」

　駒造は声をひそめて訊いた。

　すると、年上と思われる男が駒造に身を寄せ、

「ここ何日か、賭場はひらいてないんですよ」

と、小声で言った。

それを聞いた小柄な男は、

「賭場は閉まってますが、一刻（いっとき）ほど前、貸元の子分らしい男がひとり、入っていくのを見ましたよ」

と、身を寄せて言った。

「今も、その男は賭場になっている家にいるのか」

さらに、駒造が訊いた。

「いるはずでさァ」

小柄な男が言うと、年上の男もうなずいた。

「そうか。……賭場を開く様子はないが、その男はずっとあの家にいるのか」

駒造が、ふたりの男に目をやって訊いた。

「いえ、そのうち出てきますよ。誰もいない家に、ひとりで長くいるのは退屈だし、腹もすくでしょうからね」

年上の男が、薄笑いを浮かべて言った。

「いずれにしろ、今日は帰るしかないな」

駒造はそう言って、ふたりの男から離れた。

4

駒造は倉田のそばに戻ると、ふたりの男から聞いたことをかいつまんで話した後、

「どうしやす」

と、倉田に訊いた。

「今、賭場にいるのは、ひとりだな」

倉田が念を押すように言った。

「そうでさァ」

「ひとりなら、賭場になっている家に踏み込んで男を捕らえ、話を訊いてみるか。親分の源五郎や他の子分たちの動きを聞き出すことができるかもしれん」

倉田が空地のなかにある家を見つめて言った。

「そうしやしょう」

駒造が意気込んで言った。

倉田と駒造は通りの先に目をやって、賭場の主である源五郎の子分らしい男が

他にいないのを確かめてから、その場を離れた。

倉田と駒造が、賭場のある空地の近くまで来たときだった。ふいに、空地のなかにある家の表戸が開いた。

これを見た倉田が足をとめ、「賭場から、誰か出てくるぞ」と駒造に顔をむけて言った。

「家にいた子分か！」

駒造はそう言った後、「通りにもどりやしょう。やつに気付かれると、逃げられるかもしれねえ」と倉田に目をやって言った。

「道沿いの椿の陰に身を隠そう」

倉田が、道沿いで枝葉を茂らせている椿の木を指差した。

「あそこなら、いい場所だ」

駒造が言い、倉田と一緒に椿の陰に身を隠した。

賭場から姿を見せた男は、倉田と駒造に気付かなかったらしい。賭場から通りまでつづいている小径をたどって歩いてくる。

「駒造、やつが近付いたらここから飛び出して、後ろにまわってくれ。俺は、前に出る」

倉田が近付いてくる男を見つめて言った。

「承知しやした」

駒造は身を乗り出して男を見つめている。

男は倉田と駒造に気付く様子もなく、賭場の前の空地から通りに出ると、倉田たちのいる方へ歩いてくる。

男が倉田たちに近付いたとき、身を隠していた椿の陰から駒造が飛び出した。

男は、ギョッ、としたようにその場に棒立ちになった。一瞬、人ではなく大きな獣(けもの)でも出てきたと思ったのかもしれない。

男は駒造が後ろにまわるのを見て、逃げようとはしなかった。武士ではない男がひとりなので、恐れることはない、と思ったのだろう。

そのとき、倉田が椿の陰から出た。そして、男の行く手をふさぐように前に立った。

「挟み撃ちか!」

男は声を上げ、懐に右手をつっ込んで、匕首(あいくち)を取り出した。

倉田は男の前に立つと、

「逃げられないぞ。命が惜しかったら、その匕首は、捨ててしまえ」

そう言って刀を抜き、峰に返した。峰打ちにするつもりだった。

「ま、町方か！　……俺はつかまらねえよ」

男は叫びざま、手にした匕首の先を倉田にむけた。

「命が惜しくないのか」

倉田が声をかけ、一歩踏み込んだ。

そのとき、男は反転し、背後にいた駒造の脇を抜けて逃げようとした。だが、駒造は素早く男の前にまわり込んで行く手をふさいだ。

「逃がすか！」

叫びざま、倉田は素早く踏み込んだ。そして、足をとめた男の背後に身を寄せ、手にした刀の切っ先を男の首に近付け、「匕首を捨てろ！　首を落とすぞ」と凄んだ。

男は背後に倉田が迫っているのを感じとり、その場に立ったまま身を硬くしている。

「匕首を捨てろ！」

さらに、倉田が畳みかけると、男は手にした匕首を足元に落とした。

これをみた駒造は素早く、男の後ろにまわり、

「殺さねえよ。手を縛るだけだ」

そう言って、男の両腕を後ろにとり、こんなときのために用意している捕り縄を取り出して縛った。

「お、おれをどうする気だ」

男が声をつまらせて訊いた。顔から血の気が引き、体が顫えている。

「どうするかは、話を聞いてみてだな」

倉田と駒造は、捕らえた男を椿の陰に連れ込んだ。

「おまえの名は」

倉田が訊いた。

男は戸惑うような顔をして黙っていたが、

「弥助（やすけ）でさァ」

と、小声で名乗った。

「弥助か。……賭場になっている家にいたのは、弥助ひとりか」

「そうで」

「賭場の貸元は、源五郎だな」

倉田が、念を押すように訊いた。

弥助は戸惑うような顔をして口をつぐんでいたが、

「源五郎親分が、賭場の貸元でさァ」

と、肩を落として言った。

「今、親分の源五郎は、どこにいるのだ」

倉田は、源五郎の居所を知りたかった。

「分からねえ」

「子分のおまえが、知らないわけはあるまい」

「それが、親分は居所を決めて、そこで暮らしてるんじゃァねえんで……。賭場で寝泊まりするときもあれば、贔屓（ひいき）にしている小料理屋で過ごすこともありやす。それに、子分の家にもぐり込んで、身を隠していることもあるんでさァ」

弥助が言った。

「俺たちに、居所をつかまれたくないのだな」

倉田が言うと、そばにいた駒造が納得したような顔をしてうなずいた。

「源五郎のそばには、用心棒もいるのか」

さらに、倉田が訊いた。

「いやす」

「武士だな」

「ふたりとも二本差しで、島崎の旦那と佐久間の旦那でさァ」

「そうか」

倉田は驚かなかった。前から、親分の源五郎のそばに、二本差しがひとりではなく何人かいるとみていたからだ。

倉田が口を閉じると、

「あっしを帰(けえ)してくだせえ。源五郎親分とは縁を切りやす。賭場にも近付かねえ」

そう言って、弥助は倉田に頭を下げた。

「弥助、死にたいのか」

倉田が弥助を見つめて言った。

「し、死にたくねえ」

弥助が声をつまらせて言った。倉田にこの場で殺されると思ったのか、顔から血の気が引いている。

「おまえが、親分の源五郎と縁を切れば、源五郎はどう思う。他の子分の手前、おまえを生かしてはおかないぞ」

倉田が、弥助を見据えて言った。

「そうかもしれねえ」

弥助はうなずいた。

「源五郎たちから離れ、しばらく身を隠しているしかないな。……弥助、どこかに身を隠せるか」

倉田が訊くと、弥助は困惑したような顔をして口をつぐんだが、

「深川に伯父がいやす」

と、首をすくめて言った。

「深川か。深川なら、源五郎たちにも気付かれないな。……伯父のところに、厄介になれるのか」

「行ってみねえと分からねえが、しばらく身を隠さねえと殺される、と言って泣き付けば、置いてくれるはずでさァ」

「行ってみるんだな。とにかく、早く源五郎たちから身を隠すのだ」

そう言って、倉田は弥助から離れた。

そばにいた駒造が、慌てて倉田の後を追ってきた。

商家の旦那と手代殺しの下手人は、何者か分からないままだ。倉田が、駒造とふたりで平永町にある賭場の様子を探りに行った二日後、奉行所に出仕するつもりで支度し、八丁堀の組屋敷から出ようとすると、

5

「矢口さまが、お見えです」

戸口で、小者の利助の声がした。

倉田は、すぐに戸口にむかった。何かあったらしい。奉行所に出仕する前に、矢口が倉田家に来るようなことは滅多にないのだ。

倉田は念のため、大刀だけ手にして戸口に出た。

矢口は戸口の外に立っていた。何か、緊急に知らせたいことがあるらしく、戸口で足踏みしている。

倉田は戸口から出て、矢口と顔を合わせると、

「矢口、何かあったのか」

すぐに、訊いた。

「実は、わたしの手先だった安次郎が殺されたらしいのです。それで、殺された現場にいってみようと思い、倉田さんにも話しに来たのです」

「安次郎と言えば、一年ほど前、家の都合で八丁堀から身を引いた男だな」

倉田も、安次郎のことは知っていた。矢口の指図で、いろいろな事件にかかわった御用聞きのひとりだった。家の商売の都合で、矢口の許から去った男である。

「そうです。……殺された現場が、平永町なんです」

「何！　またしても平永町だと」

倉田の声が大きくなった。

「はい、安次郎はこれまでの事件と何かかかわりがあって、殺されたのではないかと思い、平永町まで行ってみようと思ったのです」

「俺も行こう。これまでの事件とつながりがありそうだ」

倉田は胸の内で、奉行所へ行くのは後だ、とつぶやいた。市井で起きた事件にあたる定廻り同心としては、事件現場に行くのを優先させるべきである。

「矢口、これから平永町へ行こう」

倉田が語気を強くして言った。

倉田は見送りに来ていた母親のまつに、「母上、聞いたとおりです。これから、矢口と平永町にむかいます」と言って、矢口と一緒にその場から表通りに出た。

倉田と矢口は八丁堀を後にし、日本橋のたもとに出た。このところ、何度も行き来した道筋である。

ふたりは日本橋通りを北にむかい、八ッ小路に出てから右手に折れた。そして、柳原通りに入って平永町まで来た。

「殺された現場は、どこかな」

矢口が言い、辺りに目をやった。

「おい、あそこに人だかりができてるぞ」

倉田が指差した。

見覚えのある蕎麦屋の脇に、人だかりができていた。そこには、賭場につづく道がある。人だかりのなかに見知った顔は、なかった。通りがかりの野次馬たちらしい。

「安次郎は賭場へ行こうとして、殺されたのではないか」

倉田が、人だかりの方へ足早に歩きながら言った。

「そうかもしれません」

矢口が言った。

倉田は人だかりに近付くと、

「どいてくれ！　俺たちは、八丁堀の者だ」

と、声をかけた。すると、その場にいた男たちが慌てて身を引いた。

見ると、男がひとり、地面に俯せに倒れていた。辺りに血が飛び散り、男の上半身とそのまわりが、どす黒い血に染まっている。

倉田は男の体と飛び散っている血を見て、「安次郎は、背後から斬られたらしい」とつぶやいた。

「矢口、安次郎は刀で斬られたようだぞ」

倉田はそう言って、倒れている安次郎の脇に腰をかがめた。

「下手人は、武士とみていいでしょう」

矢口が、倒れている安次郎を見据えて言った。矢口の声が、めずらしく上擦っている。

「源五郎たちとかかわりのある者かもしれん」

倉田が小声で言った。

「源五郎たちか」

矢口は、倒れている安次郎に目をむけたままつぶやいた。

倉田と矢口は念のため、その場に集まっている男たちをまわって、下手人を見た者はいないか訊いてみたが、目撃者はいなかった。

倉田と矢口がこの場に来て、半刻(はんとき)(一時間)ほど経ったろうか。背後に走り寄る足音を耳にし、振り返って見ると、駒造の姿があった。駒造は遠方から急いで来たらしく、顔が汗でひかっている。

駒造は横たわっている安次郎の姿を見て、

「ひでえことしやがる。安次郎を斬ったのは、だれだ」

と、身をのりだして言った。

「駒造、心当たりはないのか」

倉田は、念のために訊いてみた。

「心当たりはねえが、安次郎を殺したのは、源五郎一味にちがいねえ」

駒造が、顔をしかめて言った。

「そうかもな」

倉田も、安次郎は源五郎一味の手にかかったとみていた。

次に口を開く者がなく、その場が重苦しい沈黙につつまれたとき、

「賭場まで行ってみるか」

倉田が言った。

「行きましょう。安次郎殺しに、かかわっている者がいるかもしれない」

そう言って、矢口が立ち上がった。

「よし、行こう」

倉田はそう言った後、「すぐ戻るが、駒造は、この場に残ってくれないか。現場を荒らされないよう見張っててほしいのだ」と言い添えた。

駒造は「承知しました」と小声で言った。

6

倉田と矢口は、安次郎が殺された現場からすこし歩いて蕎麦屋の脇の道に入った。その道の先に、源五郎が貸元をしている賭場がある。倉田たちは、何度かその賭場を見張ったり、賭場の近所で聞き込みにあたったりしたので、その辺りの様子は分かっていた。

いっとき歩くと、道沿いに広がる空地のなかにある家が見えてきた。賭場になっている家である。倉田と矢口は、空地に近付くと路傍に足をとめた。

「静かだな」

倉田がつぶやいた。

「家には、誰もいないのかな」

矢口が家を見ながら言った。

「いても、家の番をしている源五郎の子分だけだろう」

倉田は、空地のなかにある家に踏み込んでも無駄だと思った。

「どうします」

矢口が訊いた。

「せっかくここまで来たのだ。近所で聞き込んでみるか。殺された安次郎の敵を討ってやるためにも、だれが安次郎を斬ったのか知りたいからな」

倉田が言うと、矢口がうなずいた。

「どうだ、一刻（二時間）ほどしたら、この場にもどることにして、別々になって聞き込んでみないか」

倉田はふたり揃って聞き込みにあたるより、別々になった方が大勢の者から話が聞けると思ったのだ。

「そうしましょう」

矢口も、別々に聞き込みにあたる方が埒が明くと思ったらしい。

倉田は矢口とその場で別れ、賭場のある空地の前を通り過ぎた。そこから、倉田がしばらく歩くと、道沿いにある家の前で女がふたり、立ち話をしているのが目にとまった。ひとりは、大根を手にしていた。近所の八百屋に行った帰りなのだろう。

倉田は、ふたりの女に近付いた。ふたりは近所の住人らしいので、空地にある賭場のことも見知っているのではないか、と思ったのである。

倉田が近付くと、ふたりの女は倉田の足音を耳にしたらしく、話をやめて振り返った。そして、近付いてくる倉田を見て、不安そうな顔をした。見知らぬ武士なので、何か危害をくわえられると思ったのかもしれない。

「すまん、すまん。驚かせてしまったかな」

倉田は笑みを浮かべて、ふたりに声をかけた。

すると、ふたりの顔から不安そうな表情が消えた。倉田のことを、悪い男ではないと思ったらしい。

「訊きたいことがあってな。なに、たいしたことではないのだ。……そこに、剣術の道場があるな」

倉田は、ふたりの女を警戒させず話を聞き出すために、あえて賭場でなく近くの剣術道場のことを口にしたのだ。

「ありますが」

年上と思われる色白の年増が言った。もうひとりはまだ若く、長身でひょろりとした体をしている。

「剣術道場は門を閉めているようだが、誰もいないのか」

倉田が訊いた。ふたりから話を引き出そうとしたのだ。

「大きい声では言えませんが、そこの道場は門を閉じたようですよ。……噂ですがね。今は剣術ではなく、別のことで人が集まるようですよ」

年増が声をひそめて言った。もうひとりの長身の女は、口を閉じたまま真剣な顔をしてうなずいた。

「門を閉じたままか」

倉田は、驚いたような顔をして訊いた。さらに話を聞き出すために、驚いて見せたのである。

「そうです」

年増が言った。

「別のこととは、何かな」

倉田は博奕のことではないかと思ったが、知らぬふりでそう訊いた。

「賭事（かけごと）のようですよ」

年増が声をひそめて言った。

「博奕か！」

倉田は、また驚いたような顔をして見せた。

「あたし、賭事のことは知らないけど、亭主が言ってたんですよ」

年増が言うと、長身の女がうなずいた。

倉田は口を閉じたまま胸の内で、……博奕か。道場でもやっていたのだな、と呟いた。

倉田はふたりの女と別れた後、通りかかった者や近所の店屋に立ち寄って、空地にある家のことを訊いたが、新たなことは分からなかった。ただ、話を訊いた男たちのなかに、賭場になっていることを口にした者もいた。

倉田が矢口と別れた場所にもどると、矢口の姿があった。先に来て待っていたらしい。

「矢口、何か知れたか」

倉田は矢口と顔を合わせると、すぐに訊いた。

「それが、耳にしたのは、近頃、近くの剣術の道場に、武士でなく職人や商人などが集まることもあるという話だけです」

矢口が肩を落として言った。

「そのことだがな。俺が聞いた話によると、いつもの家だけでなく、あの道場も賭場として使われているらしいぞ」

倉田はそう言って、ゆっくりと来た道を引き返した。今日のところは、このまま駒造のいる場にもどろうと思った。

「俺も、道場が賭場になっていることは耳にしました」

矢口が倉田と肩を並べて歩きながら言った。

「どうやら、源五郎たちは金になることを色々やっているようだ」

倉田が歩きながらつぶやいた。

倉田と矢口は、賭場と源五郎たちのかかわりや他の悪事のことなどを話しながら来た道を引き返した。

7

倉田と矢口が、安次郎が殺された現場にもどると、駒造の姿があった。通りすがりの野次馬たちもいた。いずれも、倉田たちがいたときとは別人らしい。野次馬たちは、姿を見せた倉田と矢口に目をむけている。

「駒造、どうだ。変わったことはあったか」

倉田が訊いた。

「いえ、何も……。通りすがりの者が、入れ替わり立ち替わり、亡くなった安次郎を見ていくだけでさァ」

駒造は近くにいる野次馬たちを忌々しげに見ながら、小声で言った。

「そうか。……俺たちは空地にある家の辺りで、聞き込んだのだが、新たなことは出てこなかったよ」

と、倉田は野次馬たちの耳に入っても、差し障りないように、賭場や源五郎たちのことは口にしなかった。

「やつらは、旦那たちに探られると思い、姿を消したのかもしれねえな」

駒造が言った。

「俺たちの動きに目を配っているかもしれん」

倉田がつぶやいた。

「あっしも、そうみていやす」

駒造がそう言って、うなずいた。

倉田と駒造が声をひそめて話している間にも、通りかかった者たちが、安次郎の死体を見たり、立ち止まって倉田たちの会話に耳を傾けたりしてから通り過ぎていく。

倉田たちは、いっとき安次郎の死体に目をやっていたが、

「安次郎の遺体は、どうします」

と、矢口が訊いた。

「このままにしては、おけないな。そうかといって、八丁堀まで遺体を運ぶわけにはいかないし……」

倉田が困惑したような顔をして言うと、

「安次郎の家族に、引き渡したらどうです」

駒造が身を乗り出して言った。

「家族といっても、殺された安次郎の家が分かるまい」

倉田が小声で言った。

「それが、安次郎の家族が、ここに来たんでさァ」

そう言って、駒造が倉田たちに顔をむけた。

「家族の者が、ここに来たのか」

倉田が念を押すように訊いた。

「そうでさァ」

「家族は帰ったのか」

「一刻ほど前、安次郎の親を名乗る者がここに姿を見せましてね。お上の許しさえあれば、安次郎の亡骸(なきがら)を引き取りたいと、あっしに言ったんでさァ。あっしは、旦那たちが帰ってきてから、話そうと思ったんですがね。いつまでも、安次郎の亡骸をこの場に置いて、見世物のようにしておくこともできねえと思いやしてね。……特別なことがなければ、引き取っても構わねえ、と言っておいたんでさァ」

駒造が、きまり悪そうな顔をして言った。倉田たちに訊かずに、勝手に遺体を引き取ってもいいと話したからだろう。

「いいさ。……これ以上、安次郎の死体を調べることはないからな。それにここに、いつまでも死体を置いておくことはできない。……賑やかな場所だからな。大勢の者の見世物になってしまう」

倉田が苦笑いを浮かべて言った。

「それに、あっしらも、夜になるまで遺体の番をしていることはできねえ」

駒造が渋い顔をした。

次に口を開く者がなく、近くを歩く人の足音だけが聞こえていた。

倉田たちがその場にもどって、半刻ほど経ったろうか。ふたりの男が、辻駕籠を連れて姿を見せた。ふたりの男は、安次郎の父親と兄弟のひとりではあるまいか。年齢はだいぶ違うようだが、顔付きが似ている。

年配の男が横たわっている安次郎の遺体に目をむけ、涙ぐんだが、泣き声をもらさずに倉田のそばに来て、

「手前は、ここで亡くなった安次郎の父親の政造でございます。安次郎は、お上にまで御迷惑をおかけし、まことに申し訳ありません」

と、深々と頭を下げて言った。

「そうか。安次郎も悪い男たちに騙されて、悪事にかかわったのかもしれぬ。いずれにしろ、亡くなった者に罪はない。……引き取ってもいいぞ」

倉田は、人通りの多い場所に安次郎の遺体をいつまでも放置するわけにはいかなかったので、引き取ってもらえば、都合がいいと思った。

「安次郎を、いったん家に連れて帰ります」

政造が涙声で言い、そばにいた駕籠かきに、遺体を駕籠で運んでくれ、と頼んだ。ふたりの駕籠かきは、すぐに「へい」と応え、言われたとおりにした。おそらく、この場に来る前に、政造から、遺体を運ぶことを駕籠かきに話してあったのだろう。

政造は倉田たちに、

「せ、倅を連れて、帰ります」

と、涙声で言って、駕籠と一緒にその場を離れた。

安次郎を乗せた駕籠が遠ざかるのを見ていた駒造が、

「俺たちは、どうしやす」

と、倉田に顔をむけて訊いた。

「今日のところは、帰るしかないな」

倉田が、その場にいた矢口と駒造に目をやって言った。

矢口と駒造は顔を見合ってうなずき合っただけで、何も言わなかった。

安次郎を乗せた駕籠は、行き交う人のなかに紛れて、見えなくなっている。

第四章　待ち伏せ

1

倉田は一人で八丁堀の組屋敷を出ると、日本橋にむかった。橋のたもとで、矢口と待ち合わせすることになっていたのだ。

倉田と矢口は、源五郎が貸元をしている賭場を探り、折を見て源五郎やその仲間たちを捕縛するつもりでいた。

倉田はこのところ何度も行き来した道を西にむかい、賑やかな日本橋のたもとに出た。

橋のたもとの隅に、矢口と駒造の姿があった。どうやら、駒造も倉田と矢口のやりとりを耳にして、この場に来たらしい。

倉田が行き交う人の間を縫うようにして、矢口と駒造に近付き、

「待たせてしまったか」

と、ふたりに声をかけた。

「あっしらも、今来たばかりでさァ」

駒造が声高に言った。小声だと、行き来する人の話し声や足音で、聞こえないからだろう。

「これから、柳原通りへ行ってみるか」

倉田は、行き交う人の耳に入っても差し障りないように、賭場のことや源五郎たちの名は口にしなかった。

「行きやしょう」

すぐに、駒造が言った。

倉田たち三人は日本橋を渡り、室町一丁目に出た。そして、賑やかな通りを北にむかった。このところ、倉田たちは何度も行き来した道なので、人出が多いことも賭場のある平永町までどれほどの時間がかかるのかも分かっていた。

倉田たちは八ツ小路に出ると右手に足をむけ、柳原通りを経て平永町に入った。そして、安次郎が殺された現場からいっとき歩いて、蕎麦屋の脇にある道に入った。その道の先に、源五郎が貸元をしている賭場があるのだ。

倉田たちがさらにいっとき歩くと、道沿いの空地のなかにある家が見えてきた。その家が賭場になっていて、博奕がおこなわれない時でも子分たちがいることが多い。

家が見えてきたとき、倉田たちは路傍に足をとめた。迂闊に近付けなかった。源五郎の仲間の武士や子分たちが大勢いれば、襲われて殺されるのは倉田たちである。

「静かだな」

倉田が賭場になっている家を見つめて言った。

「あっしが、様子を見てきやしょうか」

駒造は身を乗り出し、家に向かって歩きだそうとした。

「待て！　不用意に近づいたらやられるかもしれんぞ」

そう言って、倉田が駒造をとめた。

「すこし、探ってからにしやすか」

駒造が照れたような顔をして言った。

倉田たちは、賭場になっている家に踏み込む前に、近所で聞き込みにあたることにした。

「小半刻（三十分）ほどしたら、この場にもどることにして、別々に聞き込みにあたろう」

倉田が言うと、駒造と矢口がうなずいた。

ひとりになった倉田は、賭場になっている家からすこし離れた場所で話を訊いてみようと思った。以前、賭場の近くで聞き込みにあたっていたからだ。

倉田は空地の前の道をいっとき歩いて、賭場から離れた。そのあたりは以前にも歩いた道なので、道沿いにある店や家などは、いずれも目にしたことがあった。

倉田がそこを通り過ぎていっとき歩くと、民家らしい建物の前で話している老齢の男と年増が目にとまった。年増も小袖に前掛け姿なので、近所の住人であろう。

倉田はふたりに訊いてみようと思い、近付いて、「訊きたいことがあるのだがな」と声をかけた。

老齢の男と年増は話をやめ、驚いたような顔をして倉田を見ると、

「あっしらですかい」

と、老齢の男が訊いた。

「そうだ。手間をとらせてすまないが、この先の空地のなかにある家のことで、訊きたいのだ」

倉田が空地の方を指差して言った。

「な、なんです」

老齢の男が、声をつまらせて訊いた。一方、年増は探るような目をして、倉田を見つめている。

「大きな声ではいえないが、俺はこれが好きでな」

倉田は穏やかな声でいい、壺を振る真似をして見せた。

老齢の男は年増と顔を見合わせた後、

「博奕ですかい」

と、小声で訊いた。顔に警戒の色がある。

「そうだ。いつも、懐が寂しいのでな。見ていることが多いんだが……」

倉田は照れたような顔でそう言った後、

「ちかごろは、開かないのか」

と、上目遣いで訊いた。

老齢の男は、倉田と同じように上目遣いになって、

「開きやすよ」

と、声をひそめて言った。

年増もつられたらしく、倉田と老齢の男と同じように上目遣いになって、ふたりの男を交互に見ている。

「貸元は、源五郎という男と聞いたことがあるのだが、今も源五郎親分が、貸元をしているのかな」

倉田は、咄嗟に頭に浮かんだことを訊いてみた。

老齢の男は、戸惑うような顔をして口をつぐんでいたが、

「あっしは、そう聞いてやす」

と、首をすくめて言った。そばに立っている年増は、心配そうな顔をして老齢の男を見たが、何も言わなかった。

「源五郎親分は、貸元としてよく来るのかな」

さらに、倉田が訊いた。

すると、老齢の男の脇にいた年増が、「おまえさん、あまり話さないほうがいいよ」と言って、老齢の男の袖を引っ張った。

「そ、そうだな。あっしが、見ず知らずの男に賭場のことを喋ったと知れると、何をされるか分からないからな」

老齢の男は首をすくめると、倉田に頭を下げてから、年増の後につづいてその

場を離れた。

倉田は苦笑いを浮かべてふたりの後ろ姿を見ていたが、その姿が遠ざかると、あらためて通り沿いにある店屋に目をやった。

倉田は目についた店屋の者に、それとなく賭場や親分の源五郎のことを訊いてみたが、新たなことは分からなかった。

2

倉田は、足早に来た道を引き返した。空地の前を通り過ぎると、駒造と矢口の姿が見えた。ふたりは路傍に立って、倉田がもどるのを待っていたようだ。

倉田はふたりに近付くと、

「念のため、そこの樫(かし)の木の陰に身を隠すか」

と言って、すこし離れた路傍で枝葉を茂らせている樫の木を指差した。

倉田は駒造と矢口を連れて樫の樹陰まで来ると、

「ここなら、賭場になっている家の辺りからは、見えないな」

そう言った後、老齢の男から聞いたことをかいつまんで話した。

倉田の脇に立っていた駒造が、

「あっしも、近頃、賭場が開かれることがある、と聞きやした」

そう言った後、貸元は源五郎で、牢人体の武士を連れてくることがあるらしい、と言い添えた。

「俺も、貸元は源五郎で、用心棒として武士を連れてくることが多い、と聞きました」

矢口が、口を挟んだ。

「そうか。……やはり、賭場に目を配っていれば、源五郎や仲間たちを捕らえる機会があるわけだな」

倉田が言うと、

「賭場を探り、源五郎たちを捕らえる機会があれば、始末がつくかもしれない」

駒造が、賭場になっている家の方に目をやってつぶやいた。

それから、倉田たちは、源五郎や仲間たちをどうやって捕らえるか相談したが、これといった手段はなかった。結局、賭場になっている家に目を配り、連れの子分たちがすくないときを狙って、源五郎たちを捕らえるしかないという結論になった。

「今日は、このまま八丁堀に帰るか」

倉田が言うと、矢口と駒造がうなずいた。

倉田たち三人は、樫の木の陰から通りに出て歩きだした。来た道を戻っていく。

そのとき、賭場から姿を見せた武士がいた。源五郎のそばにいることの多い佐久間だった。佐久間は生薬屋の宗兵衛を襲った武士のひとりで、源五郎の用心棒だが、片腕のような存在である。

「やつら、俺たちのことを探っている町方だ」

佐久間はそう言うと、慌てて来た道を引き返し、賭場にむかった。賭場にいる仲間たちに話して、何か手を打つつもりだった。

佐久間は、賭場にいた仲間の三人を通りまで連れてきた。遊び人ふうの男がふたり、武士がひとりである。連れてきた武士も、源五郎の用心棒と言える島崎という若い武士だった。島崎も、宗兵衛を襲ったひとりである。佐久間もいれると、この場にいる武士が、ふたりになる。

「どうする」

若い武士が訊いた。

「相手は三人、俺たちは四人だ。後ろから襲うか。どこかで待ち伏せして、後ろから襲えば、三人とも始末できるだろう」

佐久間が、男たちに目をやって言った。

「あっしと政次とで、やつらの前にまわりやす。旦那たちふたりは、後ろから来てくだせえ。挟み撃ちにしやしょう」

そう言ったのは、島五郎という大柄な男だった。源五郎の子分のなかでも、兄貴格の男である。

「承知した。島五郎と政次は、やつらの前にまわってくれ」

佐久間が、男たちに目をやって言った。

佐久間たち四人は、その場で二手に別れた。島五郎と政次が先になり、小走りに倉田たち三人の後を追った。そして、島五郎と政次は倉田たちの背後に近付くと、道の脇を通って、倉田たちの前にまわり込んだ。

倉田たちは島五郎と政次の姿を目にしたが、何の脅威も覚えなかった。ふたりとも武士ではなく遊び人ふうの男である。倉田たちは、ふたりだけで自分たちを襲うなどとは思いもしなかったのだ。

そうしている間にも、背後から佐久間と島崎が迫ってきたが、倉田たちは脇を通った島五郎と政次に気をとられて、背後のふたりに気付かなかった。

前にまわり込んだ島五郎と政次が足をとめた。そして、道のなかほどに立つと、後ろから来る倉田たちに体をむけた。

倉田たちは、前方に立ち塞がったふたりの男を見て、

「あいつら、俺たちを襲おうとしているのか」

矢口が言った。

「そうらしいな」

倉田は、ふたりに殺気があるのを感じとったのだ。

そのときだった。背後から近付いてくる足音を耳にした駒造が振り返り、

「後ろからも、ふたり来やす！　ふたりとも武士ですぜ。前に賭場から出てきたやつもいやす」

と、声を上げた。

倉田が振り返り、背後から迫ってくるふたりの武士の姿を目にし、

「挟み撃ちだ！　道の端に、身を寄せろ」

と、叫んだ。

倉田は、逃げるのがむずかしいので道の端に身を寄せて、前後から挟み撃ちに

なるのを避けようとしたのだ。

倉田の声で、矢口と駒造が道の端に身を寄せた。倉田は素早く、矢口の脇にまわり込んだ。

そこへ、左手からふたり、右手からふたり迫ってきた。

倉田の前に立ったのは、佐久間だった。矢口の前には、島崎がまわり込んできた。ふたりとも、生薬屋の宗兵衛を襲って殺した男である。

「観念しろ！」

佐久間が倉田を睨んで言った。

「貴様たちが生薬屋の宗兵衛を襲ったのだな。悪事を重ねた上に賭場までひらいている。金儲けのためらしいが、ここで息の根をとめて、悪事をやめさせてやる」

このとき、倉田は佐久間たちを生きたまま捕らえようとは思わなかった。殺してやりたい男たちだったからだ。

「俺たちの息の根が、とめられるかな」

佐久間が、口許に薄笑いを浮かべて言った。

3

「かかってこい!」

倉田が声を上げた。

その声に反応したのは、倉田と対峙(たいじ)していた佐久間ではなかった。矢口と向かいあっていた島崎だった。

イヤアッ! と、島崎が甲走った気合を発し、一歩踏み込みざま手にした刀を袈裟に払った。

咄嗟に、矢口は一歩身を引いた。

島崎の切っ先は、矢口の胸元をかすめて空を切った。このとき、島崎の体勢が大きくくずれた。

矢口は、この隙(すき)を見逃さなかった。

タアッ! と、矢口は鋭い気合を発し、踏み込みざま刀身を横に払った。その切っ先が、島崎の右袖を切り裂いた。

島崎は慌てて身を引いた。切り裂かれた右袖の間から血に染まった島崎の二の腕が見えた。ただ、皮肉を裂かれただけらしい。それでも、島崎は大きく身を引いたまま、矢口から離れていった。

このとき、倉田と対峙していた佐久間が、矢口の気合に反応したのか、

「行くぞ！」

と、声をかけざま、斬り込んだ。

佐久間は一歩踏み込み、刀を振り上げて真っ向へ——。

咄嗟に、倉田は右手に体を寄せた。

佐久間の切っ先は、倉田の左袖をかすめて空を切った。このとき、佐久間の体勢がくずれた。

倉田は、この一瞬の隙を見逃さなかった。

鋭い気合を発しざま、真っ向へ——。

倉田の切っ先が、体勢のくずれた佐久間の左肩先を切り裂いた。佐久間は慌てて身を引き、倉田との間合を広くとった。

佐久間は倉田との間があくと、体勢をたてなおして上段に振りかぶった。だが、佐久間の構えには隙があり、手にした刀は小刻みに震えていた。左肩先を斬られたために、両腕に力が入り過ぎているのだ。

「勝負あったぞ！」

倉田はそう言って、佐久間を見据えた。

「まだだ！」

叫びざま、佐久間は上段に構えて斬り込む気配を見せた。

だが、倉田との間合が広くなり、その場から斬り込んでも切っ先はとどかないだろう。

「いくぞ！」

倉田が声を上げ、正眼に構えたまま一歩踏み込んだ。

この瞬間、佐久間は素早く身を引いた。そして、倉田との間合が開くと、

「この勝負、あずけた！」

と、叫んで、反転した。

佐久間は、抜き身を手にしたまま走りだした。倉田から逃げたのである。

「ま、待て！」

倉田が佐久間の後を追った。

これを見た島崎は、向かいあっていた矢口から素早く身を引き、間合があくと反転して走りだした。島崎も逃げたのだ。

すると、その場に残っていた遊び人ふうのふたりも、慌てて身を引き、倉田たちとの間合があくと、反転して走りだそうとした。

「逃がさぬ！」

倉田が声を上げ、すばやい動きで逃げる男に迫り、刀身を峰に返して袈裟に払った。その刀身が、逃げる男の右の首根あたりを強打した。

ギャッ！　と悲鳴を上げ、逃げる男の足がとまった。そして、その場に崩れるように尻餅をついた。

もうひとりの男は、懸命に倉田たちから逃げた。悲鳴を上げた仲間を振り返って見ることもなかった。

倉田は逃げる男に目をむけることもなく、地面に尻餅をついたまま苦しげに顔をしかめている男に近付き、

「この男に、話を訊いてみよう」

と、矢口と駒造に声をかけた。

すぐに矢口と駒造が、倉田のそばに近寄ってきた。

「おまえの名は」

倉田が、地面に尻餅をついたまま逃げようとしない男に訊いた。

「ま、政次……」

と、小声で名乗った。

「逃げた男たちの名は」

さらに、倉田が訊いた。

政次が顔をしかめたまま黙っていると、

「仲間たちは、おまえを見捨てて逃げたのだぞ。それでも、仲間たちをかばって
やるのか」

倉田が言った。

「かばってやる気などねえ」

「逃げた男の名は！」

倉田が語気を強くして訊いた。

「島崎の旦那と佐久間の旦那でさァ」

政次がふたりの名を口にした。

「弥助から聞いた名だ。島崎と佐久間は、前から仲間だったのだな」

倉田が念を押すように訊いた。

政次は戸惑うような顔をして黙っていたが、

「そうだ」

と、小声で言って、うなずいた。

倉田は記憶をたどるような顔をして、いっとき間を置いたが、

「島崎と佐久間は、田島屋という呉服屋に押し入った賊のなかにもいたのだな」

と問い詰めた。

「……！」

政次は、驚いたような顔をして何か言いかけたが、口をつぐんでしまった。

「賊のなかにいたのだな！」

倉田が語気を強くして訊いた。

「……いた」

政次は肩を落とし、つぶやくような声で言った。

「そうか。親分の源五郎をはじめ、おまえたちは呉服屋に押し入った賊の仲間だったのだな」

倉田がそう言って、矢口と駒造に目をやった。

矢口と駒造は、納得したようにうなずいた。ふたりにも、源五郎たちは呉服屋に押し入った賊ではないかという読みがあったからだ。

倉田、矢口、駒造の三人が、口を閉じて黙っていると、

「あっしを帰してくだせえ。もう、悪いことはしねえし、仲間たちとも縁を切りやす」

政次が、身を乗り出すようにして言った。

「駄目だ。おまえたちがこれまでにやった悪事は、簡単に許せるものではない。……相応の罰を受けねばならぬ」

倉田が語気を強くして言った。

「……！」

政次は、あらためて倉田を見た。顔から血の気がひき、体が顫えている。

倉田は捕らえた政次をさらに吟味したが、新たなことは聞けなかったので、政次の身柄を与力の新十郎に引き渡そうと思った。新十郎なら、あらためて政次を吟味し、その罪状にしたがって処分してくれるだろう。

4

倉田は政次を捕らえた二日後、矢口とふたりで八丁堀を出ると、日本橋にむか

った。橋のたもとで、駒造が待っていることになっていた。倉田たち三人で平永町へ行き、空地のなかにある賭場になっている家を探ってみるつもりだった。まだ、宗兵衛たちを襲った賊のなかで、親分格の源五郎、それに武士の佐久間と島崎が残っている。

日本橋は、相変わらず賑わっていた。様々な身分の老若男女が行き交っている。

その橋のたもとに、駒造の姿があった。

倉田と矢口が橋のたもとまで来ると、ふたりの姿を目にした駒造が、行き来する人々を掻き分けるようにして近付いてきた。

「駒造、待たせたか」

倉田が身を乗り出すようにして訊いた。

「あっしも、来たばかりでさァ」

駒造が声高に言った。

「これから、平永町へ行くぞ」

倉田はそう声をかけ、日本橋を渡り始めた。後ろから、矢口と駒造が慌ててついてくる。

倉田が橋のたもとからしばらく歩くと、人通りが疎らになってきた。矢口と駒造が倉田の脇に来て、三人で話しながら平永町にむかった。

倉田たちは、八ッ小路から東に足をむけて柳原通りに入った。そして、平永町まで来ると、蕎麦屋の脇の道をたどって、賭場になっている家にむかった。

歩くと、空地のなかに、民家とは思えない建物が見えてきた。その家が、賭場になっているのだ。親分の源五郎と子分の集まる場所でもあり、隠れ家にもなっているらしい。

倉田たちは、空地からすこし離れた路傍に足をとめた。隠れ家にいる者の目にとまらないようにそうしたのだ。

「賭場は、開いているようだぞ」

倉田が言った。

倉田たちのいる道から賭場になっている家に行くには、空地のなかの小径をたどらねばならない。その小径を四人の男が歩いていた。職人ふうの男がふたり、それに商家の旦那ふうのふたりである。どうやら、その四人は賭場になっている家に、博奕を打ちに来たらしい。

賭場になっている家の戸口に、遊び人ふうの男がひとり立っていた。下足番らしい。賭場に来た客を出迎えたり、案内したりしているのだろう。

倉田たちの耳に、家のなかから何人もの男たちの声が聞こえてきた。ただ、話をしているのは分かるが、内容までは聞き取れない。

倉田たちの目にとまった職人ふうの男や商家の旦那ふうの男も、戸口にいた下足番らしい男に案内されて家のなかに入った。

「どうやら、博奕はこれから始まるようだ。まだ、客が入り始めて間もないらしい」

倉田がそう言って、空地のなかの小径に足をむけたとき、

「倉田の旦那！　後ろから」

と、駒造が背後を振り返って言った。

通りの先に、十人ほどの姿が見えた。いずれも男で、武士ややくざものらしい。

「おい、親分の源五郎たちらしいぞ。賭場の貸元が、子分や壺振りなどを連れてきたようだ」

倉田はそう言った後、辺りに目をやった。隠れる場所を探したのである。ここにいては、源五郎たちが倉田たちを目にとめ、襲ってくるだろう。源五郎たちは人数が多いので、太刀打ちできない。

「そこの家の脇に、身を隠そう」

倉田が、矢口と駒造に目をやって言った。

倉田たち三人は通行人を装ってすこし歩いてから、道沿いにあった家の脇のつつじの陰に身を隠した。その場は狭かったが、三人かたまって屈んでいれば、通りからは見えないだろう。

源五郎たちの一行は、総勢十人ほどだ。親分の源五郎はじめ、武士の佐久間と島崎、代貸と思われる中年の男、それに壺振り役の男、その他、源五郎の子分と思われる男たちである。

源五郎たちの一行が、倉田たちの前を通り過ぎたとき、駒造が身を隠しているつつじの陰から通りへ出ようとした。

「待て！　駒造、源五郎たちに気付かれると、殺されるぞ」

倉田は声をひそめて言い、駒造の肩をつかんでとめた。

倉田にとめられた駒造はその場から動かず、源五郎たちの一行を睨むように見ている。

源五郎たちの一行は空地を通り、下足番の男に出迎えられて、賭場になっている家に入った。

倉田たちは、いっとき家に目をやっていたが、

「どうしやす」

と、駒造が訊いた。

「しばらく様子を見るか。親分の源五郎は賭場の客たちに挨拶し、後を代貸や壺振りなどにまかせて出てくるかもしれん」

倉田が言った。

「源五郎たちが出てくるまで、待ちやしょう」

駒造が家を見据えて言った。

倉田たちは家の脇のつつじの陰にとどまり、源五郎たちが出てくるのを待ったが、なかなか姿を見せなかった。

「今日のところは、諦めて帰るか」

倉田がそう言って、家の脇のつつじの陰から出ようとしたときだった。賭場になっている家の戸口から、下足番が出てきた。つづいて、職人ふうの男がふたり姿を見せ、下足番に何やら声をかけて戸口から離れた。ふたりは、空地の中の小径をたどって通りへ出てくる。

「あのふたりに、訊いてみやすか」

駒造が言った。

「頼む。貸元たちを探っていることに気付かれないようにな」

倉田は町奉行所の同心の自分より、こうしたことに慣れている駒造の方が、うまく話を引き出すのではないかと思った。

5

ふたりの男は賭場になっている家の前の小径をたどり、何やら話しながら通りまで出てきた。

駒造は、ふたりの男が自分たちが身を潜めているつつじの前を通り過ぎて、半町ほど離れるのを待って通りに出た。そして、小走りにふたりの後を追った。駒造はふたりの男に身を隠していたことが知れないようにそうしたのである。

駒造はふたりの男に声をかけ、何やら話しながら歩いていく。そして、三人の姿が通りの先にちいさくなったとき、駒造だけが立ち止まって踵を返し、足早に帰ってきた。

駒造は倉田たちのいるつつじの陰に来るなり、

「親分の源五郎は、今日は賭場から出てこねえかもしれねえ」

と、首を傾げて言った。

「どういうことだ」

倉田が訊いた。

「話を聞いた男によると、源五郎は賭場に挨拶に来た日に、奥の部屋に寝泊まりすることがあるらしいんで」

駒造が、渋い顔をして言った。

「貸元の親分が、泊まるのか」

倉田は、残念そうな顔をして肩を落とした。

次に口を開く者がなく、重苦しい沈黙につつまれたとき、

「ところで、源五郎はふだん何処で寝泊まりしているのだ。自分の家が、近くにあるはずだが……」

珍しく、矢口が声高に言った。

「あっしも、そのことを訊いてみたんでさァ。……話を聞いた男によると、源五郎にはいい塒(ねぐら)があるそうで」

そう言った駒造の口許に、薄笑いが浮いた。

「その塒は、どこにあるのだ」

倉田が駒造を見つめて訊いた。

「場所は須田町のようです」

「そこに、源五郎の家族でもいるのか」

倉田は、源五郎がひとりで住んでいるとは思わなかった。

「家といっても小料理屋で、女将が源五郎の情婦らしい」

駒造の顔に、また薄笑いが浮いた。

「小料理屋の名は、知れたのか」

倉田は、店名が分かれば、その店に目を配って、源五郎がいるとき踏み込めば、捕らえることができると思った。

「店の名は、小菊だそうで」

「小菊か。……洒落た店の名だな」

倉田は、何とかして小菊をつきとめようと思い、

「須田町のどの辺りだ」

と、訊いた。

「須田町二丁目で、八ツ小路に近いところにあると聞きやした」

駒造が言った。

「八丁堀に帰るとき、須田町二丁目を通るぞ」

倉田は、帰りに小菊のある場所をつきとめておこうと思った。

「これから、須田町へ行きますか」

矢口が訊いた。

「行こう。どうせ、帰り道だ」

倉田たちは来た道を引き返し、八ツ小路の近くまで来た。左手に広がっている町が、須田町二丁目である。

倉田たちは路傍に足をとめ、

「これから小菊をつきとめたいが、手分けして近所で聞き込んでみるか」

と、矢口と駒造に目をやって言った。

「須田町二丁目は狭いし、店の名も小菊と分かってるんだ。すぐに分かりやすよ。あっしが、そこの笠屋で訊いてきやす」

駒造はそう言って、足早に道沿いで店をひらいている笠屋にむかった。奥州街道が近いせいか、旅人相手の笠を売っているらしい。

駒造は笠屋に入ると、店の主人に、この近くに小菊という店名の小料理屋があるかどうか訊いた。

「小菊なら、ここから一町ほど行った先ですよ。店の出入り口が、洒落た格子戸になってますから、すぐ分かります」

主人はそう言うと、店内にもどりたいような素振りを見せた。客でもない男と、店先で話し込んでいる暇はないと思ったようだ。

「手間を取らせたな」

駒造はそう言って、すぐに笠屋の前から離れた。そして、倉田と矢口が待っている場所に足早にもどった。

「小菊のある場所が、知れたか」

すぐに、倉田が駒造に訊いた。

「知れやした。そこの笠屋から一町ほど先にあるそうで」

駒造はそう言うと、先にたって通りの先にむかった。そして、一町ほど歩くと路傍に足をとめ、

「そこにある店が、小菊のようでさァ」

と、通りの先を指差して言った。

小料理屋らしい洒落た店だった。店の入口が、格子戸になっている。入口の脇に、「料理と酒、小菊」と書かれた小さな看板がかかっていた。

「どうしやす」

駒造が訊いた。

「明日だな。もう遅い。それに、店が分かったのだ。いつでも仕掛けられる。今日のところは、八丁堀に帰ろう」

倉田が言うと、その場にいた駒造と矢口がうなずいた。

6

翌日、四ツ（午前十時）ごろ、倉田、矢口、駒造の三人は、いつものように日本橋のたもとで待ち合わせ、須田町にむかった。小料理屋の小菊を探り、源五郎がいれば、捕らえるつもりだった。

倉田たちは街道を北にむかい、八ツ小路の手前まで来た。東方に広がっている町が須田町二丁目である。

そして、須田町二丁目にある道を東にむかっていっとき歩くと、道沿いにある小菊が見えてきた。入口の格子戸は閉まっていたが、店名を書いた小さな看板は出ていた。店は開いているらしい。

「近付いてみよう」

倉田が言い、通行人を装って小菊の前までいった。

店内から、かすかに人声が聞こえた。客と思われる男の声と女の声である。女は店の女将か、使用人であろう。

倉田たちは店の前で足をとめて聞き耳を立てたが、ふたりの話の内容までは聞き取れなかった。仕方なく、倉田たちは店先を離れ、すこし歩いてから路傍に足をとめた。

「源五郎は、いるのかな」

倉田が小菊に目をやりながら言った。

「分からないなァ」

矢口が首を傾げた。

「とりあえず、源五郎がいるかどうかだけでも知りたいが」

そう言って、倉田は改めて小菊に目をやった。

「近所で聞き込んでみますか」

矢口が言って、その場を離れようとしたとき、小菊の格子戸の向こうで、かすかに男と女の声がした。

「待て！　矢口、店から誰か出てくる」

倉田が矢口をとめた。

格子戸が開き、年配の男が出てきた。男は店の戸口で足をとめ、「女将さん、また来ますから」と声をかけ、店先から離れた。

男は通りに出ると、平永町の方へ足をむけて歩きだした。

「あっしが、あの男に訊いてきやす」

駒造が言って、その場を離れようとしたとき、

「駒造、あの男、客ではないようだ」

と、倉田が声をかけた。

「分かってまさァ。源五郎の知り合いのふりをして、うまく聞き出しやすから」

駒造はそう言い残し、小走りに男の後を追った。

駒造は店から半町ほど先で男に追いつくと声をかけ、何やら話しながら歩いていたが、いっときすると、駒造だけが足をとめた。男はそのまま通りを歩いていく。

駒造は男から離れると、踵を返し、足早に倉田たちのそばにもどってきた。

「源五郎のことで、何か知れたか」

すぐに、倉田が訊いた。

「男の話だと、今、店内にいる男は、板前の年寄りだけらしい」

駒造はそう言った後、

「店の裏手に離れがあって、そこに、源五郎の旦那はいるかもしれねえ、と言ってやした」

と、倉田と矢口に目をやって言った。

「裏手に離れがあるのか」

そう言って、倉田が改めて小菊に目をむけた。

「裏の離れには店の脇を通って、行き来するそうですぜ」

駒造が小菊の店の脇に目をやり、

「そこに、裏手に行き来できる道がありやす」

と、指差して言った。

見ると、小菊の店の脇に小径があった。通りからだと、道というより、ただ地面が踏み固められただけのように見える。

「どうやら、裏の離れは、源五郎の隠れ家にもなっているらしい」

倉田が小菊の店の脇を見つめて言った。

「裏手を覗いてみますか」

そう言って、駒造が小菊の脇に足をむけようとした。

「待て、駒造!」

倉田が駒造をとめ、

「裏手に行くのは、様子をつかんでからだ。源五郎の子分が何人もいれば、やられるぞ」

と、言い添えた。倉田は、このまま裏手に踏み込むのは危険だと思った。

駒造は裏手に踏み込むのを思いとどまり、

「小菊からすこし離れた場所に身を隠して、店から話の聞けそうな者が出てくるのを待ちやすか」

そう言って、倉田に目をやった。

「そうだな。しばらく様子を見よう。……なに、裏手の離れに行き来する者もいるはずだ。裏手のことを訊く機会はある」

倉田が言うと、辺りに目をやっていた矢口が、

「そこにある蕎麦屋の脇は、どうです」

と、小菊の斜向かいにある蕎麦屋を指差して言った。

間口の狭い小体な店だった。店の戸口の前に、長床几が置いてある。晴れた日は、その長床几に腰を下ろし、蕎麦を食べたり酒を飲んだりするのだろう。

「蕎麦でも食いながら、話の聞けそうな者が出てくるのを待つか」

倉田が矢口と駒造に目をやって言った。

「そうしやしょう」

すぐに駒造が言い、倉田たち三人は、蕎麦屋に足をむけた。

倉田たちは店内には入らず、店の戸口に置かれた長床几に腰を下ろした。

すぐに、店内から店の親爺と思われる前垂れをかけた男が出てきて、

「いらっしゃい。何にしますか」

と、倉田たち三人に目をやって訊いた。

倉田たちは、蕎麦だけ頼んだ。酒を飲もうとも思ったのだが、頼まなかった。ここで酒を飲んで、体に酔いがまわるのは避けねばならない。

倉田たち三人はとどいた蕎麦を食べながら、小菊の店の脇の小径に目をやっていた。話の聞けそうな者が出てきたら、店の裏手にある離れに誰がいるのか訊い

てみようと思ったのだ。

倉田たちが蕎麦を食べ終わり、店の親爺が出してくれた茶を飲んでいるときだった。

「誰か、出てきた！」

と、駒造が身を乗り出して言った。

見ると、小菊の脇の小径から遊び人ふうの男がひとり出てきた。男は通りに目をやると、八ツ小路がある方に足をむけた。

「あの男に、離れの様子を訊いてきやす」

駒造はそう言って、小走りに男の後を追った。

男は倉田たちのことを気にとめていないのか、辺りを探ってみるような動きはまったくなかった。

駒造は男に追いつくと何やら声をかけ、ふたりで話しながら歩いていたが、半町ほど行ったところで足をとめた。そして、男が離れると、踵を返して倉田たちのそばにもどってきた。

「離れに、源五郎はいるのか」

すぐに、倉田が訊いた。

「それが、離れにはいないようで」

駒造が肩を落として言った。

「いないのか。……こうやって、小菊を見張っていても仕方がないな」

倉田はそう言った後、

「それで、今、源五郎はどこにいるか知れたのか」

と、小声で訊いた。あまり期待しなかったらしく、声に張りがなかった。

「話を訊いた男は、賭場かもしれないと言ってやした」

「賭場に出かけたのか。今頃は賭場で博奕とは別に、子分たちと一杯やっているかもしれんな」

倉田がそう呟くと、

「これから、賭場へ行ってみやすか」

駒造が身を乗り出して言った。

「いや、今日はやめておこう。賭場は、いつでも確かめられるからな。それより、小菊の裏手にある離れを探ってみよう。仲間たちのことも、つかめるかもしれない」

倉田が、駒造と矢口に目をやって言った。

「離れを覗いてみやしょう」

駒造が身を乗り出して言った。

「源五郎はいないらしいが、話の聞けそうな者がいるだろう」

倉田が言うと、駒造と矢口がうなずいた。

7

倉田たち三人は、遊び人ふうの男が出てきた小菊の脇の小径まで行ってみた。

小径は小菊の裏手までつづいている。はっきり見えないが、離れのような建物があった。その建物の近くに、紅葉、椿、梅などの庭木が植えられていた。四、五本だったが、離れのような家を隠すために、周囲に植えられているようだ。

倉田たち三人は裏手を覗き、人影がないのを確かめてから、足音を忍ばせて小径をたどって裏手にむかった。

裏手は思ったより広かった。植えられた庭木に囲まれるように建てられている家は、二階建てだった。ただ、二階は狭く、一間しかないらしい。

倉田たちは、庭木の陰に身を隠すようにして家に近付いた。

「誰かいるぞ」

倉田が声をひそめて言った。

家のなかから、階段を下りてくるような足音が聞こえたのだ。その足音は戸口の板戸の前でとまり、すぐに板戸が開いた。

姿を見せたのは、小柄な男だった。老齢らしく、すこし腰がまがっている。小菊の使用人で、離れの住人の炊事や雑用などをしているのかもしれない。

「あの男に訊いてみるか」

倉田が言うと、脇にいた駒造が、

「あっしが、訊いてきやすよ。旦那たちは木の陰にでもいてくだせえ」

そう言って、ひとりで家から出てきた男に足をむけた。

倉田と矢口は、そばで枝葉を茂らせているつつじの脇に身を隠した。

駒造が離れの家の前に近付くと、小柄な男は足をとめ、驚いたような顔をして駒造を見た。倉田と矢口の姿は、目にしなかったようだ。

「いや、すまん。驚かしてしまったな」

駒造は笑みを浮かべて言った後、

「実は、源五郎の旦那の仲間でな。離れに旦那がいたら、挨拶だけでもしようと思って、来てみたのだ」

と、もっともらしく言い添えた。

「そうでしたかい」

男の顔から、不安そうな表情が消えた。駒造が言ったことを信じたらしい。

「源五郎の旦那は、おられるかな」

駒造が小声で訊いた。

「それが、旦那はいねえんでさァ」

男は首をすくめ、申し訳なさそうな顔をした。

「いないのか。せっかく来たのに、お会いできないな。……ところで、旦那は何処へ出かけられたのだ」

駒造は、せめて源五郎の行き先ぐらい聞き出そうと思った。

「どこへ出かけたか、聞いてねえが……」

男は首を傾げた。

「ひとりで、ここを出たのか」

「いや、ひとりじゃァねえ。旦那の子分らしい男が、ここにふたり来てな、一緒に出ていったよ」

男はそう言うと、離れに戻りたいような素振りを見せた。見知らぬ男と話し過ぎたと思ったのかも知れない。

「そのふたりは、よくここに来るのか」

駒造は、すこし声を大きくして訊いた。

「来やすよ」

「そのふたり、源五郎の旦那の迎えに来たのではないのか」

「そうでさァ」

すぐに、男が言った。

駒造はいっとき口を閉じていたが、男に身を寄せ、

「源五郎の旦那のことで、訊きたいことがあるのだがな」

と、急に声をひそめて言った。

「なんです」

男が戸惑うような顔をした。駒造が近付いて急に声をひそめたので、何か大事なことを訊くと思ったのだろう。

「この離れに、源五郎の旦那が出入りするようになって、どれほど経つのだ」

駒造が訊いた。

「まだ、一月ほどしか経ってねえ」

男が素っ気なく言った。たいした話ではない、と思ったのかもしれない。

「源五郎の旦那の前は、誰がこの離れに寝泊まりしていたのだ」

駒造は、小菊の店主だった男ではないか、と思った。

「店の主人の弥十郎さんでさァ」

男が眉を寄せて、さらに話したところによると、弥十郎は胸の病を患い、離れで療養していたが、三月ほど前に亡くなり、離れは空いたままになっていたという。そこへ、小菊の客として出入りしていた源五郎が、一月ほど前から住むようになったそうだ。

「源五郎の旦那は、ただの客だったのではないか。その旦那が、どうして離れに住むようになったのだ」

駒造が訊いた。

「金さ。その頃は、源五郎の旦那も女将と懇意ではなかったからな。今は違うようだが……」

男は薄笑いを浮かべて言った。やはり、源五郎と女将はできているらしい。

「ちかごろは、ここに住むようになったのか」

駒造はそう言った後、「ここの離れなら、身を隠せるし、賭場へ行くのも近い。いい隠れ家に、居座っているようだ」と胸の内で呟いた。

「女に博奕か」

男が口許に薄笑いを浮かべて言った。

駒造が口をつぐんでいると、男は、「あっしは、これで」と言って、その場から離れた。

男が遠ざかると、それまで、つつじの陰に身を隠していた倉田と矢口が姿を見せ、駒造に近付き、

「話は聞いたぞ。明日は、賭場の近くで源五郎を待ち伏せするか」

倉田が駒造と矢口に目をやって言った。

第五章　攻　防

1

倉田は朝餉を食べ終えて身支度を整えると、母親のまつに見送られ、八丁堀の組屋敷を出た。そして、人出の多い日本橋のたもとに向かった。そこで、これまでと同じように矢口と駒造のふたりと待ち合わせることになっていたのだ。

相変わらず、日本橋のたもとは賑わっていた。様々な身分の老若男女が行き交っている。その橋のたもとの隅に、駒造の姿があった。矢口は、まだのようだ。

倉田は駒造のそばに行くと、「待たせたか」と声をかけた。

「あっしは、来たばかりで」

駒造はそう言った後、「矢口の旦那は、まだですかい」と訊いた。

「まだ、らしいな。……すぐ来るだろう」

倉田は、矢口の身に何かあって来られないなら、朝のうちに八丁堀にある倉田の家に知らせがあるはずだと思った。

「来やした！」

駒造が声をあげた。矢口が、行き交う人のなかを縫うようにして倉田たちのいる方へ近付いてくる。

矢口は倉田の前まで来ると、

「待たせてしまって、申し訳ありません」

肩で息をしながら、倉田に頭を下げて言った。

「俺も、今来たばかりだ」

倉田は、出かけよう、と言い添えた。

倉田たち三人は、橋のたもとの行き交う人のなかに入り、日本橋を渡った。そして、室町に出ると、人の流れのなかを北にむかった。しばらく歩くと、昌平橋のたもとに広がる八ツ小路に出た。まだ、人通りは多かったが、肩が触れ合うほどの混雑ではなかった。

八ツ小路から右手にむかい、いっとき歩いて平永町に入った。そして、蕎麦屋の脇にある道に足をむけた。その道の先に、源五郎が貸元をしている賭場がある。

「賭場に、源五郎たちは来てるかな」

倉田が歩きながら言った。

「今頃なら、賭場にいるはずでさァ」

駒造が東の空に目をやった。陽は家並の上にあって、眩い光を放っている。陽の位置で、何時ごろか見ようとしたのだ。

「とうに、四ツ（午前十時）は過ぎてるな」

そう言って、倉田はすこし足を速めた。

倉田たちは賭場になっている家に近付くと、道沿いに枝葉を茂らせている樫の木の陰に身を隠した。そこは、以前賭場を見張った場所より、賭場に近かった。

「賭場に、集まってるようです」

矢口が言った。

「まだ、博奕は始まってないだろう。これから、賭場へ来る者も多いはずだ」

倉田が、通りの先を指差して言った。

見ると、こちらに歩いてくる何人もの男の姿があった。商人、遊び人、牢人など、身分も年齢も様々である。男たちの多くは、賭場のある空地の前まで来ると、左右に目をやって付近の様子を見てから、空地のなかの小径をたどって賭場になっている家に近付いていく。

家の戸口には、下足番がふたりいた。賭場に来た男たちを家に迎え入れている。

「貸元は、まだのようだ」

倉田が通りの先に目をやって言った。

「そろそろ来るころですぜ」

駒造の声は、昂っていた。これから、やくざの親分で、生薬屋の宗兵衛殺しや呉服屋に押し入った賊の頭目でもある源五郎が、姿を見せるだろう。源五郎は賭場の貸元をしているが、これまでの悪事で得た金で、賭場を開くための家も手に入れたにちがいない。

倉田たちが樹陰に身を隠して、賭場になっている家や通りに目をやっていると、急に駒造が身を乗り出し、

「来やしたぜ!」

と、昂った声で言った。

通りの先に、何人もの姿が見えた。いずれも、男のようだ。

「源五郎たちだな」

倉田は、賭場の貸元をしている源五郎と子分たちだろうと思った。

一行が近付いてくると、源五郎と子分たちであることがはっきりしてきた。七、八人いるだろうか。遠方でも、源五郎がいるのが分かった。やはり、賭場へ来たようだ。

「八人いるぞ」

駒造が言った。

「武士がふたりいる」

矢口が身を乗り出して言った。八人のなかに、武士がふたりいた。

一行は、次第に近付いてきた。親分の源五郎の姿が、はっきりと見える。他に、壺振り、博奕が始まると貸元の代わりをする中盆(なかぼん)、用心棒でもあるふたりの武士。他の男たちは源五郎の子分であろう。

源五郎たちの一行は空地に入り、賭場になっている家にむかった。そして、家の前まで来ると、家の戸口にいた下足番らしい男が、源五郎と同行した武士や子分たちを家のなかへ案内した。

源五郎たちの一行が見えなくなると、

「どうしやす」

駒造が、倉田と矢口に目をやって訊いた。

「賭場に踏み込むわけには、いかないな」

倉田は下手に賭場に踏み込むと反撃に遭うと思った。賭場には、少なくとも武士がふたり、親分の源五郎、それに何人もの子分たちがいる。

「源五郎たちが、賭場から出てくるのを待ちやすか」

駒造が訊いた。

「待とう。……来たときよりも帰りは、源五郎たちの人数がすくなくなるはずだ」

倉田は賭場を見つめたまま言った。

貸元である源五郎は、集まっている博奕を打ちに来た男たちに挨拶をし、後は貸元の代わりをする中盆と呼ばれる男や壷振りなどに任せ、賭場を出るはずである。そのことを倉田は知っていたのだ。

それから、一刻（二時間）ほど経ったろうか。賭場になっている家の戸口から、下足番のほか何人もの男たちが出てきた。

下足番の男は戸口にとどまり、源五郎、それに来るときに同行したふたりの武士のうちのひとり、さらに遊び人ふうの男が四人、総勢六人の男が戸口から離れた。それぞれの塒に帰るのだろう。

下足番の男は戸口から出たところで、源五郎たちを見送っている。

源五郎たち六人は、空地のなかの小径をたどって通りにむかった。

これを見た倉田は「身を隠そう」と、その場にいた矢口と駒造に目をやって言った。

倉田たち三人は、賭場のある空地から来た道をすこしもどり、路傍で枝葉を茂らせている椿の陰に身を隠した。

倉田は味方が三人で、源五郎たちが六人いることから、まともに闘ったら後れをとるとみた。そこで、矢口と駒造に樹陰から飛び出しざま敵のひとりを討つよう話した。ただし、武士でない駒造には、無理をするな、と言い添えた。

倉田たち三人はそれぞれ刀や匕首などを手にして、源五郎たちが近付くのを待った。

源五郎たちは、何やら話しながら倉田たちが身を潜めている場に近付いてくる。

そして、六人の男が、倉田たちの前まで来たとき、

「今だ！」

と、倉田が矢口と駒造に声をかけた。

倉田、矢口、駒造の三人は、手に手に武器を持って飛び出した。そして、倉田

は武士の前に、矢口と駒造は誰とは決めず源五郎と子分たちに近付いた。

2

「敵だ！」

「親分を守れ！」

源五郎の子分たちが声を上げた。そして、親分の源五郎を守ろうとして、四人の遊び人ふうの男が源五郎に身を寄せた。

「おぬしの相手は、俺だ！」

倉田は武士の前に立ち塞がった。武士を仕留めてから源五郎を捕らえるなり、討つなりしようと思ったのだ。

「町方か！　今日こそ、息の根をとめてやる」

武士が、倉田を睨むようにして言った。

「俺の名は倉田佐之助、おぬしの名は」

倉田は、武士を捕らえるのは無理だとみていた。この場で、斬らねばならない。どちらが後れをとるか分からないが、相手の名を聞いておこうと思ったのだ。

「佐久間島次郎(しまじろう)」

武士は隠さずに名乗った。

「佐久間、生薬屋を殺しただけでなく、呉服屋に押し入った賊のひとりだな」

倉田は、田島屋という呉服屋に入った賊のなかに、賭場のことを話していた男がいたと聞いていた。子分の政次の話で裏付けも取れた。

「そうだとしたら、どうする」

佐久間は、倉田を見据えて訊いた。賊であることを隠さなかった。

「貴様の仲間に、二本差しがもうひとりいたな。生薬屋を殺し、呉服屋に押し入った武士は、貴様ひとりではないはずだ」

「もうひとりは、島崎だ。賭場にも時々顔を出す」

佐久間は仲間のことも隠さずに口にした後、

「俺をどうする気だ」

と、倉田に訊いた。

「ここで、討つ！」

倉田が語気を強くして言った。できれば、生きたまま捕らえたかったが、佐久間は死ぬまで抵抗するはずである。

「俺たちが息の根をとめてくれるわ！」

佐久間は、手にした刀を八相に構えた。刀身を垂直に立てた大きな構えである。

佐久間は、なかなかの遣い手らしい。

倉田は十手ではなく、こんなときのために持っている刀を抜いた。倉田も遣い手だったのだ。

一方、矢口と駒造は、子分たちを相手にしていた。ふたりとも、手にしたのは十手である。

子分たちは脇差や匕首などを手にし、矢口と駒造に切っ先をむけた。ただ、子分たちは真剣で斬り合った経験はないらしく、それぞれ腰が引け、脇差や匕首が小刻みに震えていた。

このとき、倉田と対峙していた佐久間が仕掛けた。

「いくぞ！」

佐久間は声を上げざま踏み込み、手にした刀で斬りつけた。

八相から袈裟へ——。

咄嗟に、倉田は一歩身を引いた。

佐久間の刀の切っ先が、倉田の肩先をかすめて空を切った。佐久間は勢い余って、体勢がくずれた。この一瞬の隙を、倉田がとらえた。

タアッ！　と、鋭い気合を発し、踏み込みざま刀身を横に払った。素早い動きである。

倉田の切っ先が、佐久間の右袖を切り裂いた。

咄嗟に、佐久間は一歩身を引いた。袖を切り裂かれたため、佐久間の右の二の腕が露わになり、血に染まっていた。倉田の切っ先は、佐久間の二の腕をとらえたのだ。

「おのれ！」

佐久間は顔をしかめて叫び、手にした刀を構えなおそうとした。この動きを見た倉田はすかさず踏み込み、刀を袈裟に払った。一瞬の太刀捌きである。

ザクッ、と佐久間の肩から胸にかけて小袖が裂け、露わになった胸から血が流れ出た。深い傷である。

佐久間は、呻き声を上げながらよろめき、足がとまると腰から崩れるように倒れた。地面に俯せになった佐久間は、両手を動かして首をもたげようとしたが、すぐにぐったりとなった。胸から流れ出た大量の血が、まるで生きているように地面を赤く染めながら広がっていく。

佐久間が斬られたのを目にした子分たちは、「親分、逃げてくれ!」「こいつらに、殺される!」などと叫び、それぞれが立ち向かっていた相手から身を引いた。そして、逃げ出したのだ。

このとき子分たちの背後にいた源五郎は慌てて身を引き、反転して走りだした。逃げたのである。これを見たふたりの子分が、慌てて源五郎の後を追った。

矢口は抜き身を手にしたまま逃げる源五郎たちを追おうとしたが、足はとまったままだった。追っても追いつかないとみたのである。

矢口と駒造は、倉田に身を寄せ、地面に倒れている佐久間に目をやった。

「この男の名は、佐久間島次郎。生薬屋を殺し、呉服屋に押し入った賊のひとりだ」

倉田がつぶやくような声で言った。

3

倉田は佐久間を討ち取った二日後、いつものように日本橋のたもとにむかった。四ツごろ、矢口と駒造もその場に来て、三人で平永町に行くことになっていたのだ。その後、賭場がどうなっているか見るためと、盗賊の頭格でいまも貸元として賭場を仕切っている源五郎を捕らえるなり討つなりせねばならなかった。辻斬りの仲間で残っているのは、ふたりだった。源五郎と、武士の島崎である。

倉田は、源五郎たちの一味は四人とみていた。田島屋に押し入った賊は、四人と聞いていたのだ。四人の頭が、源五郎である。倉田たちは盗賊の仲間のふたり、佐久間を討ち取り、遊び人の政次は捕えたのだ。

倉田が日本橋のたもとまで行くと、矢口の姿はあったが、駒造はいなかった。

「駒造は、まだのようだ」

倉田がそう言って、行き交う人に目をやったとき、

「駒造です！　こちらに来ます」

と、矢口が声高に言って、日本橋を指差した。

見ると、駒造が人の流れを掻き分けるようにして近付いてくる。そして、倉田たちのそばに来るなり、

「申し訳ねえ。待たせちまって……」

と、照れたような顔をして言った。

「また、平永町だぞ」

倉田が、苦笑いを浮かべた。

「そのつもりで来やした」

駒造はそう言って、倉田と並んで立っていた矢口に目をやった。

「三人揃った。出かけましょう」

珍しく、矢口が先にたった。

倉田たち三人は日本橋を渡り、室町一丁目に入った。そして、表通りを北にむかった。このところ、倉田たちが何度も行き来した人出の多い大通りである。

倉田たちは、八ツ小路に出ると右手にむかった。そして、いっとき歩いて平永町へ入ると、蕎麦屋の脇にある道に入った。その道の先に、源五郎が貸元をしている賭場がある。

前方に賭場のある空地が見えてくると、倉田たちは路傍に足をとめた。

「博奕が、始まっているかな」

倉田が空地に目をやって言った。

「始まってるはずでさァ。……近くまで行って、見てみますか」

駒造はそう言って、首を伸ばして空地に目をやった。

「そうだな」

倉田が言い、三人は通行人を装って賭場にむかった。

通りの先に、賭場を開くための家のある空地が見えてきたとき、

「この辺りで、賭場の様子を訊いてみるか」

と、倉田が足をとめて言った。倉田は賭場の近くまで行ってから、賭場や親分の源五郎のことを訊いてもいいと思ったが、源五郎の子分や賭場の客が倉田たちを目にすると、源五郎の耳に入ると思ったのだ。

倉田たちは、道沿いにある店や民家などに目をやった。道沿いにある店屋は少なく、暮らしに必要な物を売る八百屋、下駄屋、米屋などが目についた。

「あっしが、下駄屋の親爺に訊いてきやす」

駒造がそう言い残し、ひとりで下駄屋にむかった。

駒造は下駄屋の前で足をとめたが、すぐに店の中に入った。話の聞けそうな者が、店内にいるのを目にしたのだろう。

いっときすると、駒造は店内から出て小走りにもどって来た。

「駒造、何か知れたか」

すぐに、倉田が訊いた。

「知れやした!」

「話してくれ」

「と、賭場は、閉まったままだそうで」

駒造が声をつまらせて言った。

「どういうことだ。何かあったかな」

「下駄屋の親爺は、しばらく賭場は開かねえようだ、と言ってやした」

「親分の源五郎が、俺たちを警戒しているのか」

「そのようでさァ。下駄屋の親爺まで、町方の熱がさめたころ、また開くんじゃァねえかと、口にしてやした」

駒造が顔をしかめて言った。

「そうか。せっかく来たのに無駄骨か」

そう言って、倉田は残念そうな顔をした。

次に口を開く者がなく、重苦しい沈黙につつまれると、

「源五郎が身を隠している場所がつかめれば、手を打てます」

矢口が言った。

「そうだな。源五郎は、今度はどこに身を隠しているのか……」

倉田が前方を睨むように見据えて、つぶやいた。

れねえ」

「近所で、聞き込んでみやすか。源五郎の隠れ家を知っている者が、いるかもし

駒造が、倉田と矢口に目をやって言った。

「よし、一刻ほど経ったら、この場に集まることにして、近所の者に訊いてみよう」

倉田が言うと、矢口と駒造がうなずいた。

ひとりになった倉田は、通り沿いに目をやったが、話の聞けそうな家や店屋はなかった。以前、倉田は賭場の近くにある店に立ち寄って、賭場や親分の源五郎のことを訊いたことがあったが、今度は源五郎の行き先なので、そこまで知る者はいないだろう、と思った。

……さて、どうするか。

倉田が胸の内でつぶやいたとき、通りの先から歩いてくるふたりの男が目にとまった。ふたりとも、遊び人ふうだった。何か話しながらやってくる。

倉田はふたりに訊いてみようと思い、路傍に足をとめてふたりが近付くのを待った。

4

倉田は、近付いてきたふたりの男に声をかけた。

「しばし、しばし」

「あっしらですかい」

ふたりのうち、年上と思われる男が倉田に訊いた。

「足をとめさせて、済まないが、そこにある賭場のことで、訊きたいことがあるのだ」

倉田が、声をひそめて言った。

ふたりの男は顔を見合わせて、戸惑うような表情を浮かべたが、

「賭場のどんなことです」

年上らしい男が、声をひそめて訊いた。もう一人の赤ら顔をした男は、睨むような目で倉田を見ている。

「いや、大きな声では言えないが、すこし懐が暖かくなったのでな。遊んでみようかと思って来たのだが、閉まっているようなので……」

倉田が照れたような顔をした。

「そうですかい。しばらく、賭場は開かないと聞きやしたぜ」

年上らしい男が言うと、

「噂ですがね。町方が、賭場に目をつけたらしいんでさァ。それで、ほとぼりが冷めるまで、賭場は開かない、と聞きやした」

赤ら顔の男が、言い添えた。

「そうか。せっかく来たのに、残念だな」

倉田はそう言った後、

「賭場になっている家に、住んでいる者はいないのか」

と、小声で訊いた。

「いやせん。賭場に出入りしていた者も、それぞれの塒に帰ったと聞きやしたぜ」

赤ら顔の男が言った。

「誰もいないのか」

倉田は、親分の源五郎の居場所を知りたいと思い、

「ところで、親分の塒はどこかな。親分は塒の近くで、賭場を開いているのでは

ないかと思ってな」

と、ふたりの男に目をやって訊いた。

「噂ですがね。源五郎親分は、情婦(いろ)のところに身を隠していると聞きやした」

年上らしい男が、声をひそめて言った。

「情婦(いろ)か。……その情婦は、どこに住んでいるのか知っているか。なに、親分は変えた住家(すみか)の近くで、賭場を開いているのではないかと思ってな」

倉田が、咄嗟に頭に浮かんだことを口にした。

「場所は知らねえが、情婦は小料理屋の女将をやっていると聞きやしたぜ」

「小料理屋か」

そのとき、倉田の脳裏に小菊のことが浮かんだ。源五郎の情婦と言えば、小料理屋の小菊の女将である。しかも、小菊の裏手には離れがあった。

……源五郎が身を隠したのは、小菊の離れだ！

倉田は確信した。

すぐに、倉田は集まる場所にもどったが、矢口と駒造の姿はなかった。まだ、半刻ほどしか経っていないからだ。

倉田は路傍に立って、矢口と駒造がもどってくるのを待った。それから、しばらく経つと、矢口が戻ってきた。そして、間を置かずに駒造も姿を見せた。

倉田は矢口と駒造がもどって来たところで、

「どうだ、源五郎の居所がつかめたか」

と、ふたりに目をやって訊いた。

「駄目でさァ。源五郎のことを知っている奴はいたが、居所は分からねえ」

駒造が眉を寄せて言うと、

「俺も、源五郎の居所はつかめなかった」

矢口が肩を落として言った。

「今もいるかどうか分からないが、源五郎がいるのは、小料理屋の小菊らしい。店の裏手にある離れではないかな」

倉田は、矢口と駒造に目をやって言った後、「これから、小菊まで行ってみるか」と言い添えた。

「行きやしょう」

駒造が言うと、矢口もうなずいた。

倉田たち三人は、須田町にある小菊にむかった。倉田たちは、小菊の裏手にある離れが、源五郎の隠れ家になっていることを知っていた。その離れを探ったこともある。

倉田たちは、小菊のある須田町二丁目にむかった。須田町に入り、いっとき歩くと道沿いにある小菊が見えてきた。

「源五郎は、来ているかな」

倉田が路傍に足をとめて言った。

「小菊の裏手にまわってみやすか」

駒造が身を乗り出して言った。

「待て！　うかつに裏手の離れに近付くのは、危険だ。離れに、源五郎の子分たちが何人もいれば、生きて帰れないぞ」

倉田が駒造と矢口に目をやって言った。

ふたりは無言でうなずき、改めて小菊に目をやった。変わった様子はなかった。

それから、小半刻（三十分）ほど経ったろうか。小菊の脇の小径から、男がひとり出てきた。小柄で、腰がまがっている。

「小菊の使用人ですぜ」

駒造が言った。すでに、倉田たちは小菊の裏手にある離れを探ったことがあり、使用人からも話を聞いていたのだ。

使用人は通りに出ると、倉田たちがいる場とは反対の方向に足をむけた。

「あの男に訊いてきやす」

駒造はそう言い残し、小走りに使用人の後を追った。

そして、駒造は小菊から少し離れたところで使用人に追いつくと、何やら声をかけ、ふたりで肩を並べて歩きだした。駒造は使用人と話しながら半町ほど歩くと、路傍に足をとめた。使用人だけが歩いていく。

駒造は使用人がすこし離れると、踵を返し、足早に倉田たちのいる場にもどってきた。

倉田は駒造がそばに来ると、

「源五郎は、離れにいたか」

いきなり、核心から訊いた。

「いやす！　何人か、子分もいるようでさァ」

「そうか。子分が何人かいるとなると、迂闊に踏み込めないな」

倉田は小菊の脇の小径から踏み込んで、源五郎を討つなり、捕らえるなりして始末をつけようと思ったが、子分が何人もいるとなると、下手に踏み込むと逆襲に遭う。

「子分の他に、二本差しの仲間もいるようですぜ」

「二本差しの仲間だと」

倉田が聞き直した。

「名は、島崎だそうで」

「そやつ、辻斬りのときも、田島屋に押し入ったときも、親分の源五郎たちと一緒にいた仲間のひとりではないか」

倉田が佐久間の口から聞かされた名だった。

「ちげえねえ」

駒造がうなずいた。

5

次に口を開く者がなく、その場が重苦しい沈黙につつまれたとき、

「どうしやす」

駒造が訊いた。

「いずれにしろ、俺たちは始末をつけるためにも、源五郎や仲間の男を捕らえる

しかないな」

倉田が言うと、その場にいた駒造と矢口がうなずいた。

「離れに踏み込みやすか」

駒造が語気を強くして言った。

倉田は考えた。

「どうだ、しばらく身を隠して、源五郎や仲間の男が離れから出てくるのを待つか。源五郎はともかく、子分や島崎が離れに寝泊まりしているはずはない。いずれ、離れから出てくるはずだ」

倉田が駒造と矢口に目をやって言った。

「出てくるのを待ちやしょう」

駒造が言うと、矢口もうなずいた。

倉田たち三人は、小菊からすこし離れた道沿いにある小屋に目をとめた。近所の店の物置らしい。

倉田たち三人は、小屋の脇にまわって身を隠した。それから、半刻(一時間)ほど経ったろうか。

「出てきた!」

駒造が身を乗り出して言った。

見ると、小菊の脇の小径から男がふたり、通りに出てきた。ふたりとも、遊び人ふうである。

「源五郎は、姿を見せないな」

倉田が言うと、小径から出てきた男たちを見つめていた駒造が、

「あのふたり、源五郎の子分ですぜ」

と言った。

「子分とみていいな」

倉田も、ふたりは源五郎の子分とみた。

そう言って、駒造がさらに身を乗り出した。

「また、出てきた！」

先程のふたりと似たような格好をした遊び人ふうの男がひとり、小菊の脇の小径から出てきた。男は表通りに出ると、通りの左右に目をやってから、足早に歩きだした。

男の姿が通りの先にちいさく見えるようになると、

「これで、子分らしい男が三人出てきたな」

倉田が言った。

「離れに残っているのは、親分の源五郎だけかも知れませんよ」

矢口が身を乗り出して言った。

「そうだな。店の裏手の離れを覗いてみるか」

倉田が矢口と駒造に顔をむけて言い、三人で小菊の脇の小径に足をむけた。

三人が小径から小菊の裏手にある離れに近付いたとき、離れの戸口からすこし腰の曲がった使用人の男が出てきた。用向きを済ませて戻ったらしい。

「またあの年寄りに、訊いてきやす」

駒造が言って、足早に年寄りに近付いた。

倉田と矢口は、離れの脇に植えられた椿の陰に身を隠した。どう動くかは、駒造が年寄りの話を聞いてからだと思ったのである。

駒造は年寄りといっとき話していたが、「また、来るよ」と声をかけ、その場を離れた。年寄りは駒造とどんな話をしたのか、踵を返すと、離れの戸口へ足をむけた。そして、離れにもどってしまった。

倉田は駒造がそばに来るのを待ち、

「離れに、源五郎はいたか」

と、訊いた。矢口は、その場に立ったまま駒造を見つめている。

「それが、離れに源五郎はいないんでさァ」

駒造が肩を落として言った。

「いないのか」

倉田が拍子抜けしたような顔をした。

「源五郎は離れから出て、小菊の裏から店内に入ったそうでさァ。女将を相手に酒を飲んでいたらしい」

「今もいるのか」

倉田が訊いた。

「分からねえ。あっしらは裏手の離ればかりに気を取られて、店には目をむけなかったから、源五郎が店から出てきたのを見逃したかもしれねえ」

「そうだな」

倉田も、源五郎を見逃したかもしれないと思った。

次に口を開く者がなく、その場が重苦しい沈黙につつまれたとき、

「仕方がない。今日のところは帰るか。なに、気にすることはない。源五郎が、小菊の裏手の離れを塒にしていることが分かったのだ。ふたりを捕らえる機会は、

いくらでもある」

倉田が駒造と矢口に目をやって言った。

6

翌日、倉田、矢口、駒造の三人は、これまでと同じように日本橋のたもとで顔を合わせると、橋を渡り、表通りを北にむかった。

三人は八ツ小路に出ると、右手に足をむけた。そして、平永町まで来て、蕎麦屋の脇にある道に入った。その道の先に賭場がある。

倉田たちは、賭場が開かれているのか見るつもりだった。そして、賭場になっている家が閉じられていれば、小料理屋の小菊に行くことにしていた。

倉田たちは空地のなかにある家が見えてくると、路傍に足をとめた。

「賭場は閉まったままのようだ」

矢口が言った。

「そうだな。下足番もいない。それに、やけに静かだ」

倉田は、空地のなかにある家を見ながら言った。

「近付いてみますか」

矢口が訊いた。

「いや、その必要はないだろう。あの家には、誰もいないようだ。賭場を開くつもりはないらしい」

倉田はそう言った後、「源五郎や子分たちがいるとすれば、小菊の裏手にある離れだ」と言い添えた。

「せっかくここまで来たのだ。小菊に行ってみやすか」

駒造が、倉田と矢口に目をやって訊いた。

「行ってみよう」

すぐに、倉田が言った。倉田はここに来る前から賭場に親分の源五郎がいなければ、小菊へ行ってみるつもりだった。

倉田たち三人は、須田町にある小料理屋の小菊にむかった。須田町に入ると間もなく、小菊が見えてきた。

倉田たちは、小菊からすこし離れた路傍に足をとめた。

「変わった様子はないな」

倉田が、小菊に目をやって言った。小菊には客がいるらしく、男と女の談笑の声が聞こえた。

「離れは、どうかな」

矢口がそう言って、小菊の脇の小径に目をやった。小径をたどれば、小菊の裏手にある離れの近くに出られる。

「離れを探ってみるか」

倉田が言い、その場を離れようとした。その足が、すぐにとまった。小菊の脇の小径から、遊び人ふうの男がひとり出てきたのだ。

男は表通りに出ると、左右に目をやってから歩きだした。倉田たちがいる場とは、反対方向に歩いていく。

「あの男に、離れの様子を訊いてきやす」

駒造が言い、男の後を追った。

その場に残った倉田が、「こういうことは、駒造に任せるしかないな」と苦笑いを浮かべて言った。武士である倉田と矢口が町人から話を訊こうとすれば、相手は身構えてしまい、まともに話してくれないだろう。

駒造は遊び人ふうの男に追いつくと、何やら声をかけ、ふたりで話しながら歩いていく。

駒造と男は、話しながら一町ほど歩いたろうか。駒造だけ、足をとめた。男はそのまま歩いていく。駒造は男がすこし離れてから踵を返し、小走りに倉田たちのいる場に戻ってきた。

「どうだ、何か知れたか」

すぐに、倉田が訊いた。

「知れやした。……離れには、源五郎と若い武士がいるそうでさァ」

駒造はそう言って、倉田と矢口に目をやった。

「その武士の名は、分かるのか」

倉田の脇にいた矢口が、駒造に訊いた。

「話を聞いた男が、若い武士を島崎と呼んでやした。島崎は源五郎親分と前から付き合いがあり、離れにくることもあるようでさァ」

「やはり島崎か……佐久間から聞いている」

倉田は小声で言った。

「あっしも、島崎は源五郎と前から付き合いがあると聞いて、どんな付き合いなのか、訊いてみたんでさァ」

駒造が、倉田と矢口に目をやって言った。

「それで、島崎のことで何か知れたのか」

倉田が訊いた。

「知れやした。島崎は、子供の時分から源五郎とも親しくしていたようでさァ」

「島崎という武士も、陰で源五郎の悪事にかかわっていたらしい。いずれにしろ、島崎も、俺たちの手で捕らえねばなるまい」

倉田が言うと、矢口と駒造がうなずいた。

次に口を開く者がなく、その場が沈黙につつまれたとき、

「さて、どうする」

と、倉田が矢口と駒造に目をやって訊いた。

「離れを探ってみますか」

矢口が小声で言った。

「そうだな。俺たちは、そのつもりでここに来たのだからな」

倉田がうなずいた。

7

「あっしが離れの様子を見てきやすよ」

駒造が言った。

「駒造、ひとりでは、危険だぞ」

倉田はそう言って、駒造をとめようとした。

「なに、小菊の脇から、覗いてみるだけでさァ」

駒造は、小菊の脇の小径に目をやって言った。

「油断するなよ」

「任せてくだせえ」

駒造はそう言い残し、ひとりで小菊にむかった。そして、小菊の脇まで来ると小径の先に入っていったが、いっときするとその場を離れて倉田たちのそばにもどってきた。

「どうだ、何か知れたか」

倉田が訊いた。

「離れから、話し声が聞こえやした」

駒造が言った。

「やっぱり、二本差しもいるようですぜ」

駒造は、聞こえてきた話のやり取りから、武士がいるのが分かったことを言い添えた。

「島崎か」

倉田が身を乗り出すようにして訊いた。

「そのようでさァ。島崎と呼ぶ声が、聞こえやした」

「他にも、武士はいるのか」

「はっきりしねえが、武士は島崎ひとりのようでさァ」

駒造が、他に武士らしい物言いをする者がいなかったことを話した。

「親分の源五郎は、どうだ」

倉田が、源五郎の名を口にした。

「いやす！　親分、と呼ぶ声が聞こえやしたから」

「そうか。……離れには、親分の源五郎、武士の島崎、それに子分たちも何人かいると見ておいた方がいいだろうな」

倉田が言うと、その場にいた矢口と駒造が顔を見合ってうなずいた。

次に口を開く者がなく、倉田たちは小菊の脇の小径に目をやっていた。半刻（一時間）ほど経ったろうか。

「誰か、出てくる！」

駒造が身を乗り出して言った。

小菊の脇の小径から男がふたり姿を見せた。そのふたりの身形と話のやり取りから、武士でなく遊び人らしいことが知れた。

ふたりは表通りに出ると、何やら話しながら小菊から離れていく。

「あのふたりも、源五郎の子分にちげえねえ」

駒造がふたりの男の後ろ姿を見つめながら言った。

「子分だろうな。……これで、離れには、源五郎と島崎ぐらいしか残っていないのではないか」

倉田は、胸の内で源五郎と島崎を討ついい機会かもしれない、と思った。

倉田たち三人が口を閉じると、

「離れに踏み込みやすか」

駒造が小菊の脇の小径を見つめて言った。

「そうだな」

倉田は迷った。源五郎と島崎を討ついい機会だが、懸念があった。源五郎と島崎は潔く町方の縄を受けることなど、ないだろう。命をかけて、立ち向かってくるはずだ。下手をすると、この場にいる三人のなかから犠牲者が出る。命を落とすことが、あるかもしれない。

「どうしやす」

駒造が、急かすように倉田に訊いた。

「よし、離れに踏み込もう」

倉田が、意を決したように語気を強くして言った。

それから、倉田、矢口、駒造の三人で相談し、源五郎と島崎が刀を手にして向かってくれば、こちらも刀で立ち向かうが、峰打ちにすることにした。それに、駒造は直接手を出さず、様子を見て敵の背後にまわり、小石でも投げ付けるように話した。

誰でもそうだが、背後にまわられて石を投げ付けられると、どうしても背後に気をとられて、隙（すき）が生ずるからだ。

「いいか、無理をするなよ。敵は、死に物狂いでくるぞ」

倉田はこれまでの経験から、相当な悪事を働いた者は町方に捕縛されれば、生きて娑婆にはもどれないと自覚していて、死に物狂いで立ち向かってくることを知っていた。

「無理はしません」

矢口が言った。その矢口の顔にも、緊張の色があった。

「行くぞ」

倉田が矢口と駒造に声をかけた。

駒造が先にたち、倉田と矢口がつづいた。三人は小菊の脇の小径に足をむけた。

そして、足音を忍ばせて小菊の裏手にある離れに近付いた。

……いる、何人も！

倉田は胸の内で声を上げた。離れのなかから、何人かの話し声と廊下を歩くような足音が聞こえた。武士もいる。言葉遣いから、武士と知れたのだ。

倉田たちは離れの戸口近くまで来て足をとめ、聞き耳をたてた。

……源五郎がいる！

倉田は離れのなかから聞こえた男の会話から、親分の源五郎がいることを知った。

離れのなかに踏み込むのは、危険だった。どこに、敵が身を隠しているか分からない。いきなり、障子の向こうから刀や槍が突き出されるかもしれない。

倉田、矢口、駒造の三人は、離れの戸口からすこし離れた場に立ち止まっていた。そこの樹陰で、敵が出てくるのを待つつもりだった。

倉田たちが樹陰に身を隠していっときすると、家のなかから、階段を降りてくるような足音が聞こえた。その足音は離れの戸口でとまり、表戸が開いた。姿を見せたのは、若い武士と源五郎である。

8

倉田、矢口、駒造の三人は、源五郎と若い武士が戸口から離れるのを待った。ふたりは無言のまま戸口から離れ、倉田たちが身を隠している場に近付いてきた。

倉田は源五郎と若い武士が近付くのを待って、樹陰から飛び出した。

源五郎と若い武士は、ギョッとしたような顔をしてその場に棒立ちになったが、若い武士が、「親分、逃げてくれ！」と叫んで、倉田たち三人の前に立ち塞がった。

これを見た源五郎は、「島崎、まかせたぞ！」と叫んで、倉田たちから離れた場所を通って、小菊の脇の小径にむかった。若い武士が、島崎である。

「そこをどけ！」

倉田は島崎を矢口にまかせ、源五郎を捕らえるつもりでいた。捕らえるのが無理なら、討ち取ることになるだろう。

「ど、どかぬ。俺が相手だ」

島崎が声をつまらせて言った。

「どかねば、命を落とすことになるぞ」

倉田はそう言って、島崎の脇を通り抜けて源五郎の後を追おうとした。すると、島崎は素早く動き、倉田の前に立ったまま離れなかった。

これを見た矢口と駒造が、逃げる源五郎の後を追った。矢口と駒造は、何とか源五郎を捕らえようと思ったらしい。

いっぽう、倉田は改めて島崎に目をむけ、

「島崎、おぬしのような若い武士が、なぜ源五郎のような男の味方になって、命まで落とそうとしているのだ」

と、訊いた。

「世話になったからだ」

島崎が、顔をしかめて言った。

「どんな世話になったのだ」

「問答無用。……いくぞ！」

島崎は正眼に構え、切っ先を倉田にむけると、摺り足で間合をつめてきた。

対する倉田は、八相に構えた。両腕を上げ、刀身を垂直に立てた大きな構えである。

島崎は倉田との間合が狭まると、足をとめたが、すぐに一歩踏み込み、タアッ！　と、甲走った気合を発して斬り込んできた。

正眼から振りかぶりざま真っ向へ——。

一瞬、倉田は右手に体を寄せざま刀身を横に払った。

島崎の切っ先は、倉田の左の肩先をかすめて空を切り、倉田の切っ先は踏み込んできた島崎の腹のあたりを横に斬り裂いた。

島崎は、グッと喉のつまったような呻き声を上げ、二、三歩前に踏み込んでから足をとめた。

島崎は左手で、斬り裂かれた腹の辺りを押さえてうずくまった。手にしていた刀は、右手だけで持っていたが、切っ先を倉田にむけることもできなかった。

倉田は島崎の脇に身を寄せ、

「島崎、どこで源五郎と知り合ったのだ」

と、訊いた。

「お、俺の家だ……」

島崎が声をつまらせて言った。

「家だと！」

倉田が聞き直した。

「そ、そうだ。……たまたま、父が源五郎親分と知り合いだったのだ」

島崎が続けて話したところによると、父親は牢人で家は貧しかったという。源五郎は島崎の父親と付き合いがあり、不正なことで手にした金の一部を渡すことがあったそうだ。

父親は不正な金であることは知らず、源五郎に恩を感じていた。そうした付き合いがあったので、島崎は源五郎を親のように思い、今日のような関係になったという。

「辻斬りのときも、呉服屋の田島屋に押し入ったときも、貴様はいたな」

倉田が念を押すように訊いた。

島崎は膝先に視線を落として黙っていたが、

「親分の指図で、仕方なく……」

と、つぶやくような声で言った。

次に口を開く者がなく、その場が重苦しい沈黙につつまれたとき、

「これで、残るは親分の源五郎だけだな」

倉田が、そう言った時だった。

島崎が左手で腹を押さえたまま苦しげな呻き声を上げて、身をよじった。

「しっかりしろ、島崎！」

倉田が声をかけた。

「か、肩の荷が、下りたような気がする」

島崎はそう言った後、倉田に顔をむけ、

「お、俺が死んだら、このままにしないで、どこかに埋めてくれ」

と、絞り出すような声で言った。

「島崎、弱気になってどうする。……しっかりしろ！」

そう言って、倉田は島崎に体を寄せ、肩先に手をあてがった。島崎を起こしてやろうと思ったのだ。

島崎は倉田に目をやり、顔を和(なご)ませ、

「げ、源五郎親分より先に、おぬしたちと知り合えれば、よかった」

そう言った後、体から力が抜け、ぐったりとなった。

倉田は島崎の肩先に手を添えたまま、

「死んだ……」

と、つぶやくような声で言った。

それからいっときして、矢口と駒造が戻ってきた。

「源五郎に、逃げられちまいやした」

と、駒造が肩を落として言った。

「源五郎を討つ機会は、まだある」

倉田は矢口に目をやって言った後、体を支えている死体の島崎に目を移し、

「この武士は、島崎だ。父親が源五郎の世話になったことがあり、仲間にくわわったらしい」

と、小声で言い、あらためて島崎の顔に目をやった。

「島崎も、犠牲者かもしれない」

矢口がつぶやくような声で言った。

「島崎の敵を討ってやるつもりで、逃げた源五郎の行方をつきとめよう」

倉田が、矢口と駒造に目をやって言った。

第六章　首魁

1

　翌日、倉田は八丁堀の組屋敷を出ると、日本橋にむかった。これまでと同じように橋のたもとで、矢口と待ち合わせることになっていたのだ。おそらく、駒造も来ているだろう。

　日本橋のたもとはいつもと変わらず、大勢の人が行き交っていた。橋のたもとの隅に、矢口と駒造の姿があった。

　駒造が倉田に気付いたらしく、「ここにいやす！」と手を上げて言った。

　倉田はふたりに近付き、

「待たせたようだ。いつも、すまんな」

と、ふたりに声をかけた。このところ、三人は日本橋のたもとで待ち合わせていたが、遅れてくるのは倉田が多かった。

「行きやすか」

駒造が倉田に目をやって言った。

これから、倉田たちは、須田町に行くつもりだった。よもやの思いで、小料理屋の小菊の裏手にある離れに源五郎がいるかどうか探り、いなければ賭場に行ってみるつもりだった。

倉田たちは、これまでと同じように賑やかな日本橋を渡って室町一丁目に出ると、北に足をむけた。そして、八ツ小路に出ると、まず須田町にある小料理屋の小菊にむかった。小菊の裏手にある離れに、源五郎がいるかどうか確かめるつもりだった。

倉田たちが須田町に入っていっとき歩くと、道沿いにある小菊が見えてきた。

そして、小菊に近付いて路傍に足をとめた。

「まず、離れに源五郎がいるかどうか、探ってみよう」

倉田が言うと、

「あっしが、覗いてきやすよ」

そう言って、駒造が小菊の脇の小径に入った。その小径の先に離れがある。離れは、源五郎の隠れ家となっていた場所だ。

いっときすると、小菊の脇から駒造が姿を見せた。離れを探ってきたようだ。

駒造は倉田たちのそばに戻り、

「下働きの男に訊いたんですがね。離れに、源五郎はいないようです」

と、顔をしかめて言った。

「いないのか。離れでないとすると、賭場かな」

矢口がつぶやくような声で言った。

「ここにいても、仕方がない。賭場まで、行ってみるか」

倉田が言うと、矢口と駒造がうなずいた。

倉田たちは平永町に入ると、蕎麦屋の脇にある道に入った。その道の先に、賭場がある。

町屋のつづく通りをいっとき歩くと、前方に空地が見えてきた。その空地のなかにある建物が、賭場である。

倉田たちは、賭場の近くまで来て足をとめた。

「賭場は静かだな。だれもいないのかな」

矢口が言った。

「閉まったままらしいな」

そう言って、倉田は路傍に足をとめた。

「どうしやす」

駒造が訊いた。

「せっかくここまで来たのだ。近所で聞き込んでみるか」

倉田はそう言ったが、近所で聞き込むほどのことはない、と思い、

「その前に、向こうからくるふたりに訊いてみよう」

と言って、通りの先を指差した。

見ると、職人ふうの男がふたり何やら話しながら歩いてくる。

「あっしが、訊いてみやすよ」

駒造がそう言い残し、小走りにふたりの男にむかった。そして、駒造はふたりの男に声をかけ、その場に足をとめて話していたが、いっときすると、駒造はふたりの男から離れ、小走りに倉田たちのそばにもどってきた。

「話をするのは、その家の脇にしやしょう」

駒造が言い、道沿いにある仕舞屋を指差した。ふたりの男が、こちらに歩いてくるので、その場で立ち話ができなかったのだ。

倉田たち三人は仕舞屋の脇に行き、ふたりの男が通り過ぎるのを待ってから、

「駒造、話してくれ」

と、倉田が言った。

「昨日、親分らしい男が、五、六人子分を連れて近くの道場に来たそうで」

「剣術の稽古でも始める気かな」

矢口が言うと、倉田が身を乗り出すようにして、

「ちがうな。……あの道場でやるとすれば、剣術の稽古でなく、博奕ではないかな」

と、語気を強くして言った。

「そうかもしれません」

矢口がうなずいた。

次に口を開く者がなく、その場が重苦しい沈黙につつまれたとき、

「それにしても、親分の源五郎はどこで寝泊まりしているのだ。小菊の裏手の離れではないようだし、道場に寝泊まりしているのかな」

倉田がそう言って、首を傾げた。

「近所で、聞き込んでみやすか。源五郎が寝泊まりしている家もはっきりしない

し、道場で何がおこなわれているのかも分からない」

駒造が言った。

「そうだな。半刻（一時間）ほどしたら、この場にもどることにして別々に聞き込むか」

倉田が、矢口と駒造に目をやって言った。ここに来た当初は、胸の内に近所で聞き込むほどのことはない、という思いもあったが、今はちがう。源五郎が寝泊まりしている家だけでも突き止めたい。

「そうしやしょう」

駒造が言うと、そばにいた矢口もうなずいた。

2

ひとりになった倉田は路傍に立って、話の聞けそうな者はいないか通りの先に目をやった。見えたのは、通り沿いにある店屋と仕舞屋、それに路傍で立ち話をしている女や遊んでいる子供たちである。

倉田は道場からそれほど遠くない道端で、立ち話をしているふたりの女に目をとめた。ふたりは、近所に住む女房であろう。

……あのふたりに、訊いてみるか。

倉田は、立ち話をしているふたりに足をむけた。仕事のために家を出ている男たちより、近くに住む女たちの方が、近所のことをよく知っているはずだ。

倉田がふたりの女に近付くと、ふたりは話をやめて倉田に目をむけた。ふたりは不安そうな顔をして倉田を見ている。

「脅かして、すまんな。ちと、訊きたいことがあるのだ」

倉田が顔に笑みを浮かべて言った。

ふたりの女は倉田の笑みを見て、自分たちに危害をくわえるようなことはないと思ったのか、

「何でしょうか」

と、年上と思われる女が訊いた。

脇に立っているもうひとりの女の口許には、笑みが見られた。

「そこに剣術の道場があるな」

倉田が指差して言った。

「ありますが……」

年上らしい女が言った。

「剣術の稽古は、してないようだな」

倉田はそう言い、改めてふたりの女に目をやった。

ふたりは、不安そうな顔をして道場の方に目をやっている。

「道場は閉まったままか」

さらに、倉田が訊いた。

「亭主が、剣術の稽古でなく、やっているのは博奕だと言ってました」

年上らしい女が、声をひそめて言った。

「博奕か」

倉田は驚かなかった。道場は剣術の稽古ではなく、他のことに使われていると前に聞いていたからだ。

「亭主に、道場には近付くな、と言われてます」

年上らしい女が言うと、脇にいたもうひとりの女がうなずいた。

「博奕は、道場でいつ開かれるのだ」

倉田が、小声で訊いた。

「知りません。日が西の空にかたむいたころ、男たちが集まってくるようですが年上らしい女が、声をひそめて言った。

「そうか。……いや、手間をとらせた。俺は博奕をやる気はないので、そこの剣術道場に来るのはやめておこう」

倉田はそう言って、ふたりの女から離れた。

それから、倉田は通りかかった近所の住人らしい男と女から道場のことを訊いたが、新たなことは分からなかった。ふたりの女が話していたとおり、道場が博奕のために使われていることは、間違いないらしい。

倉田が来た道を引き返すと、路傍で駒造と矢口が待っていた。

駒造と矢口は、倉田がそばに来ると、

「何か知れやしたか」

駒造が、身を乗り出して訊いた。

「近頃また、あの道場は剣術の稽古でなく、博奕のために使われているらしい」

倉田が、道場の方に目をやって言った。

「その話は、あっしも聞きやした」

駒造が言うと、脇に立っていた矢口もうなずいた。どうやら、ふたりとも道場が博奕のために使われていることを耳にしたようだ。

次に口を開く者がなく、その場が沈黙につつまれたとき、

「それで、親分の源五郎は、新しい隠れ家としてあの道場で寝泊まりしているのか」

と、倉田が声をあらためて、駒造と矢口に訊いた。倉田が知りたかったことは、源五郎の居所だった。

「寝泊まりすることも、あるようですぜ」

駒造が言うと、そばにいた矢口もうなずいた。

「そうか」

倉田が小声で言うと、

「小菊の裏手にある離れにいねえときは、道場にいるのかもしれねえ」

そう言って、駒造が剣術道場に目をやった。

「いずれにしろ、道場に目を配っていれば、源五郎を捕らえることができるな」

倉田はそう言ったが、生きたまま捕らえるのはむずかしいので、討ち取ることになるだろう、と思った。

倉田が口を閉じると、

「どうしやす。今日は、帰りやすか」

駒造が訊いた。

「そうだな。明日、出直そう」

倉田は胸の内で焦ることはない、と思った。源五郎は、小菊の裏手にある離れに舞い戻っているか、剣術道場にいるとみていいのである。

倉田、矢口、駒造の三人は来た道を引き返し、須田町にある小料理屋の小菊の近くまで行ってみた。裏手にある離れに、源五郎がいるかどうか確かめてから帰ろうと思ったのだ。

倉田たちは小菊の近くに足をとめ、裏手に通じている小径に目をやった。

「離れに、源五郎はいるかな」

倉田が言った。

「あっしが、離れを覗いてきやしょうか」

そう言って、駒造が小菊の脇にある小径に行こうとした。

「待て！」

倉田が、駒造をとめた。

小径から遊び人ふうの男がひとり、表通りに出てきたのだ。男は足早に倉田たちから離れていく。

「駒造、あの男に源五郎がいるかどうかだけでも、訊いてみてくれ」

倉田が駒造に言った。

「任せてくだせえ」

駒造はそう言い残し、男の後を追った。

駒造は男に追いつくと、何やら声をかけた。そして、ふたりで話しながら歩いていたが、いっときすると、駒造だけが足をとめた。

駒造は男が離れると、踵を返して倉田たちのいる場に足早にもどってきた。

「は、離れに、源五郎はいねえようで」

駒造が、声をつまらせて言った。急いでもどってきたので、息が切れたようだ。

「そうか」

倉田はがっかりしなかった。ここに来る前から、離れに源五郎はいないのではないかと思っていたからだ。

「いずれにしろ、出直そう」

倉田がその場にいた男たちに目をやって言った。

3

翌日、五ツ（午前八時）ごろ、八丁堀の組屋敷を出た倉田は、日本橋のたもとで矢口と駒造のふたりと顔を合わせた。その場で、待ち合わせることにしてあったのだ。

「先に、小菊を見てみやすか」

駒造が、倉田と矢口に目をむけて訊いた。

「そうだな。離れに、源五郎はいないと思うが、念のため見ておこう」

倉田は、道場へ行く前に、小菊の離れに源五郎がいるかどうか確かめておこうと思った。

倉田たち三人は日本橋を渡り、大通りを北にむかった。このところ、倉田たちが何度も行き来した道である。

倉田たちは須田町まで来ると、先に小料理屋の小菊にむかった。須田町に入って間もなく、道沿いにある小菊が見えてきた。

倉田たちは、小菊からすこし離れた路傍に足をとめた。小菊の店先に暖簾が出ている。店は開いているらしい。

「小菊に源五郎がいるとすれば、離れだが」

倉田がつぶやくと、

「あっしが、離れを見てきやすよ」

脇にいた駒造がそう言い残し、ひとりで小菊の脇の小径に足をむけた。その小径の先に離れがあり、源五郎の隠れ家もあったのだ。

駒造はなかなか小径から出てこなかった。小半刻（三十分）ほども経ち、倉田たちが痺れを切らせ始めたとき、「出てきた！」と、矢口が身を乗り出して言った。

見ると、小菊の脇から駒造が姿をあらわし、倉田たちのそばに足早にもどってきた。

「源五郎はいたか！」

すぐに、倉田が訊いた。

「離れにはいねえ。……離れにいた年寄りに訊いたら、親分たちは賭場に行ったらしいと言ってやした」

「賭場か。これから行ってみよう」

倉田が言うと、その場にいた矢口と駒造がうなずいた。

倉田たち三人は、小菊から遠くない蕎麦屋の脇にある道に入った。その道の先に、賭場がある。

倉田たちは空地のなかにある家が見えてくると、路傍に足をとめた。その家が賭場になっているのだ。

「戸口に、下足番らしい男がいる。賭場は開いているようだ」

倉田が空地のなかにある家に目をやって言った。家のなかから男たちの談笑の声が、かすかに聞こえてきた。大勢いるようだ。

「博奕は始まっているようだ」

倉田は、賭場に入っていく者がいないのを見て言った。すでに、博奕が始まっているので、今から入っていく者はいないのだろう。

「貸元の源五郎は、来ているかな」

駒造が賭場になっている家を見つめて言った。

「来ているはずだ。貸元の源五郎が来ないうちは、博奕が始まるまい」

倉田が言った。通常、貸元は賭場で、まず客たちに挨拶し、後を代貸や壺振りなどに任せるのだ。そして、賭場で博奕が始まっていっとき経ってから、貸元は賭場を後にする。

「そろそろ、貸元の源五郎たちが出てくるはずだ」

倉田がそう言った時だった。

下足番らしい男がふたり、戸口から出てきた。つづいて、貸元の源五郎と数人の男が、姿を見せた。

「出てきたぞ！」

倉田が、戸口から出てきた男たちに目をやって言った。

貸元の源五郎、用心棒らしい牢人体の男、それに子分らしい男が、五人いた。総勢七人である。

「七人もいる！」

駒造が驚いたような顔をして言った。

「下手に仕掛けると、反撃に遭うな」

倉田は、このまま仕掛けると、貸元の源五郎を討ちとる前に自分たちが、命を失うだろうと思った。

「どうしやす」

駒造が訊いた。

「ともかく、源五郎たちの跡を尾けてみよう。どこかで、用心棒の武士や子分たちが離れ、ひとりになった源五郎を討てるかもしれない」

倉田が言うと、矢口と駒造がうなずいた。

倉田、矢口、駒造の三人は、道沿いの椿の陰に身を隠した。そして、源五郎たちが通り過ぎるのを待ってから跡を尾け始めた。

源五郎たちは、須田町にある小料理屋の小菊の方にむかって歩いていた。そして、小菊の前まで行くと、店の脇の小径に足をむけた。

源五郎たちが小菊の脇の道に入って、その姿が見えなくなると、

「やはり、源五郎は、小菊の裏手にある離れに寝泊まりしているらしい」

倉田が小菊を見つめて言った。

「どうしやす」

駒造が訊いた。

「今日のところは、帰るしかないな。下手に裏手に踏み込むと、反撃に遭う」

倉田が、矢口と駒造に目をやって言った。

そのときだった。小菊の脇の小径から、遊び人ふうの男がひとり出てきた。男は通りの左右に顔をむけ、行き交う人に目をやってから足早に歩きだした。倉田

たちがいる場とは、反対の方向である。

「あっしが、あの男に訊いてきやす」

駒造がそう言い残し、小走りに男の後を追った。そして、男に追いつくと、駒造が何やら声をかけ、ふたりで肩を並べて歩きだした。

駒造たちは、話しながら一町ほども歩いたろうか。駒造だけが足をとめて踵を返すと、足早にもどってきた。

「どうだ、何か知れたか」

すぐに、倉田が駒造に訊いた。

「し、知れやした。源五郎は、離れにいるようです」

駒造が、声をつまらせて言った。足早にもどって来たので、息が上がったらしい。

「それで、離れには源五郎の他にも、仲間がいるのではないか」

倉田が念を押すように訊いた。

「いやす。賭場から一緒に帰ってきた奴の他にも、いるようでさァ」

そう言って、駒造は顔をしかめた。

「そうか。……離れに踏み込んで、源五郎を討つのは無理だな。逆にやられる」

倉田が残念そうな顔をして言った。

その場にいた矢口と駒造は、顔をしかめて黙っていたが、

「離れから賭場へ行くとき、源五郎を討てるかもしれねえ」

と、駒造がつぶやくような声で言った。

「討つ機会が、あるのか」

すぐに、倉田が訊いた。そばにいた矢口も、駒造に顔をむけて次の言葉を待っている。

「あっしが聞いた男の話だと、最近源五郎が賭場へ行くときは、連れていく子分が少ねえそうでさァ」

駒造は自信がないのか、首を傾げながら言った。

「源五郎が賭場に連れていく子分は、何人ほどだ」

倉田が、畳み掛けるように訊いた。

「三、四人だそうで……。他の子分は、直接賭場へ行くそうでさァ」

「そうか」

倉田は胸の内で、直接賭場へ行く子分たちがいてもおかしくはない、と思った。何人もの子分が、小菊の裏手にある離れに寝泊まりしているわけではないだろう。

自分の塒から賭場に行く者もいるはずだ。

「出直そう！　源五郎が、賭場へ行くときを狙うのだ」

倉田が声高に言うと、その場にいた矢口と駒造がうなずいた。

4

翌朝、まだ暗いうちに、倉田、矢口、駒造の三人は、日本橋のたもとで顔を合わせた。そして、人通りのすくない大通りを北にむかった。

倉田たちは須田町まで来ると、小菊に足をむけた。倉田たちは何度も行き来した道なので、小菊までの道筋はよく分かっている。

陽が東の空に顔を出し、だいぶ明るくなった。行き交う人の姿が、目につくようになってきた。

須田町に入っていっとき歩くと、道沿いにある小菊が見えてきた。小菊は店をすでに開いているらしく、暖簾が出ている。

倉田たちは小菊からすこし離れた路傍に立ち、待ち合わせでもしているような振りをして、小菊の脇の小径に目をやっていた。

「源五郎は、まだ離れにいるかな」

駒造が、小径に目をやったままつぶやいた。

「いるはずだ。親分は、賭場で博奕が始まる前に行けばいいのだからな。慌てることはないのだ」

倉田が気にしていたのは、源五郎と一緒に賭場に向かう子分たちのことだった。壺振りや下足番などは何人いてもいいが、用心棒として源五郎に従う武士が何人もいれば、倉田たちが反撃に遭う。

「なかなか出てこないなァ」

駒造が、生欠伸を噛み殺して言った。

倉田たちがこの場に来て、半刻ほど経ったが、源五郎も同行するはずの子分たちも姿を見せなかった。

「もう出かけちまったのかな。……あっしが、ちょいと覗いてきやしょうか」

そう言って、駒造が様子を見に行こうとしたとき、

「出て来たぞ！」

倉田が身を乗り出して言った。

小菊の脇の小径から、遊び人ふうの男がふたり出てきたのだ。ふたりは路傍に

足をとめ、通りの左右に目をやっている。どうやら、親分の源五郎が賭場に向かう前に、通りの様子を見に来たらしい。

ふたりの男は、すぐに小径にもどって姿を消した。

これを見た倉田が、「源五郎たちが、出てくるぞ」と声をひそめて言った。

倉田が言ったとおり、先程様子を見に来た遊び人ふうの男がふたり、つづいて牢人体の武士がひとり、その後から源五郎が姿を見せた。さらに、源五郎の後ろから遊び人ふうの男がひとり出てきた。

「思ったより、すくないな」

倉田が、源五郎を見つめて言った。

源五郎の従者は、都合四人である。しかも、武士はひとりだけだ。

「博奕を開く準備をしてる奴等は、先に賭場へ行っているのかも知れない」

矢口が身を乗り出して言った。

「そうだな。……源五郎を討ついい機会だぞ」

倉田は、源五郎を討ち取るまたとない機会だと思った。

矢口と駒造も倉田と同じことを思ったらしく、

「何としても、今日、源五郎を討ち取りやしょう」

と、駒造が身を乗り出して言うと、矢口がうなずいた。

前を行く源五郎たち五人は、すこし間をとって歩き、蕎麦屋の脇にある道に入った。その道の先に賭場がある。

「俺と駒造とで、源五郎たちの前にまわり込む。矢口は後ろから来て、逃げ道を塞いでくれ」

「承知しました」

矢口が言った。珍しく、矢口の気が昂っているらしく、頰の血の気が薄れ、双眸が鋭いひかりを宿している。

「駒造、行くぞ！」

倉田が声をかけた。

駒造は無言でうなずいた。駒造も、ふだんと違って昂奮しているらしく、目尻がつり上がっているように見えた。

倉田が先にたち、駒造がつづいた。矢口はひとり、後ろからついてくる。倉田たちとの間が開くが、つめようとはしなかった。倉田と駒造が源五郎たちの前にまわったのを見てから間をつめるつもりなのだろう。

倉田は源五郎たちに近付くと、小走りに道の端を通って、源五郎たちの前にまわりこんだ。

源五郎たちは倉田と駒造の姿を見て、驚いたような顔をして路傍に足をとめた。

「あのふたり、俺たちを付けまわしていた男だ！」

ひとりの男が、叫んだ。

「町方か。……殺っちまえ」

源五郎が叫んだ。

子分の四人は、相手が武士ひとりと手先らしい男のふたりだけと見て、次々に刀や匕首を手にして身構えた。

そのとき、矢口が源五郎たちの背後に近付いた。矢口も刀を手にしていた。峰打ちにするために、刀身を峰に返している。

いつになく、矢口の顔に緊張の色があった。真剣で斬り合うことなど滅多になかったからだろう。

「後ろからも来たぞ！」

子分のひとりが叫んだ。背後から近付いてくる矢口の姿を目にしたらしい。

矢口は無言のまま源五郎たちに近付いていく。

5

「源五郎、いさぎよく、俺たちの縄を受けろ」

倉田が源五郎を見据えて言った。

源五郎は顔をしかめ、そばにいたひとりの武士に、

「矢島(やじま)、こいつらを始末してくれ」

と、声をかけた。武士の名は矢島らしい。

「承知した」

矢島が小声で言った。矢島は、倉田を見据えている。両眼に刺すような鋭いひかりが宿っている。

「おぬし、源五郎の用心棒か」

倉田が矢島を見据えて訊いた。胸の内で、「この男は、侮れない。人を何人も斬ったことがあるようだ」と思った。

「だとしたらどうする」

矢島が、口許に薄笑いを浮かべて言った。

「おぬしのように腕に覚えのある者が、源五郎のようなならず者の用心棒とはな」

そう言った倉田の声には、詰(なじ)るような響きがあった。

「問答無用!」

矢島が倉田を睨むようにして言った。

「おぬし、足を洗う気はないのか」

さらに、倉田が訊いた。

「足を洗う前に、おぬしを斬る!」

矢島の目がつり上がり、手にした刀の切っ先がかすかに震えている。気が昂り、体に力が入り過ぎているのだ。

……かかったな!

倉田が、胸の内で声を上げた。真剣勝負を前にし、倉田は矢島を詰ることで、昂奮させようとしたのである。

倉田は、昂奮することで体に力が入り過ぎ、一瞬の動きが鈍くなることを知っていたのだ。

「殺してやる!」

叫びざま、矢島が一歩踏み込み斬り込んできた。

振りかぶりざま、真っ向へ――。

だが、この動きを感知した倉田は、一瞬、右手に体を寄せ、手にした刀を横に払った。素早い動きである。

矢島の刀の切っ先は、倉田の左肩をかすめて空を切った。一方、倉田が横に払った刀の切っ先は、矢島の腹の辺りをとらえた。

矢島は力余って、体が右手によろめいた。そして、足がとまると、手にした刀を正眼に構えた。だが、刀の切っ先が、小刻みに震えている。矢島は腹を斬られたことで、体に力が入り過ぎているのだ。

「矢島、勝負あったぞ。刀を引け！」

倉田が声をかけた。

「まだだ！」

矢島が叫びざま、斬り込んできた。

正眼から、一歩踏み込み袈裟へ――。だが、迅（はや）さも鋭さもない斬撃だった。

倉田は、その場に立ったまま手にした刀を袈裟に払った。素早い動きである。

次の瞬間、キーン、という甲高い金属音が響き、矢島の刀が弾かれ、勢い余った矢島の体が前に泳いだ。

倉田はこの隙をとらえ、矢島の首を狙って刀を横に払った。その切っ先が、矢島の首をとらえた。

一瞬、矢島はその場に棒立ちになった。その首から、血が激しく噴出した。首の血管を切ったらしい。

矢島は首から血を飛び散らせながら、腰から崩れるようにその場に倒れた。地面に俯せになった矢島は、身を起こそうとしたが、首を擡げることもできなかった。首から流れ出た血が、赤い布を広げるように地面を染めていく。

いっときすると、矢島は動かなくなった。死んだようだ。

これを見た源五郎は、反転して逃げようとした。賭場ではなく、小菊に逃げかえろうとしたらしい。

「逃がさぬ！」

叫びざま、倉田は源五郎に走り寄った。何としてもこの場で源五郎を討ち取り、始末をつけようとしたのだ。

源五郎は背後から迫ってきた倉田に気付いたのか、逃げ足をゆるめて背後を振り返った。

この一瞬の隙を、倉田がとらえた。

「源五郎、観念しろ！」

倉田は声をかけざま、手にした刀を袈裟に払った。素早い太刀捌きである。倉田の手にした刀の切っ先が、源五郎の首をとらえて血が噴出した。源五郎は血を撒き散らしながらよろめき、足がとまると、腰から崩れるようにその場に倒れた。

地面に俯せになった源五郎は、顔をもたげて何とか立ち上がろうとしたが、いっときすると動かなくなった。

「死んだ……」

倉田が、源五郎を見つめて言った。

源五郎に従ってきた他の男たちは、源五郎が討ち取られたのを目にし、反転して走り出した。その場から逃げたのである。

近くにいた矢口と駒造が、逃げる男たちを取り押さえようとして走りだした。

「待て！　追わなくていい」

倉田が、大声で矢口と駒造をとめた。

矢口と駒造は、驚いたような顔をして倉田のそばに戻ってきた。

「頭目の源五郎と用心棒の矢島を討ち取った。残った子分は、わずかだ。放っておいても、悪事を働くようなことはないだろう。源五郎と矢島が、無残な死をとげたのを見ているからな」

倉田が、つぶやくような声で言った。倉田の胸の内には、これで事件の始末がついたという安堵感があった。

矢口と駒造も、顔を見合ってうなずき合った。ふたりとも、倉田と同じように、「これで、始末がついた」という思いがあったのだろう。

6

倉田、矢口、駒造の三人が八丁堀に帰るつもりで須田町まで来ると、道沿いにある小菊が見えてきた。

「小菊は店をひらいてますぜ」

駒造が小声で言った。

「源五郎と矢島が、死んだことは知っているはずだがな」

倉田は口にしなかったが、裏手の離れは、騒がしいのではないか、と思った。

「俺たちも、小菊で一杯やりやすか」

駒造が、倉田と矢口に目をやって言った。

「やめておこう」

小菊は開いているが、一杯やる気にはなれなかった。

「これで、始末がついたんで。みんなで一杯やって、今度の事件のことは忘れやしょう」

駒造はその気になっている。

「どうだ、菊乃屋は」

倉田が矢口と駒造に目をやって訊いた。

菊乃屋は、日本橋通り沿いにつづく南一丁目にあった。最近、倉田や矢口たち、鬼彦組の者たちは、事件がうまく片付いたり、仲間たちに祝い事などがあると、小料理屋の菊乃屋に集まり、飲み食いすることがあった。

「菊乃屋にしやしょう」

すぐに、駒造が言った。駒造は、鬼彦組のひとりではなかったが、倉田や矢口と一緒に菊乃屋に顔を出して一杯やることがあった。他の同心たちも、駒造が加わっても文句を言う者はいなかった。

「明日、どうだ。彦坂さまには、俺から話しておく」

倉田は胸の内で、鬼彦組の仲間とともに一杯やろうと思った。

「やりましょう」

すぐに、矢口が同意した。

翌日、倉田と矢口は、日本橋のたもとで顔を合わせた。

「駒造も来てます」

矢口が日本橋のたもとの隅を指差した。駒造は人通りを避けて、橋の隅に立っていたのだ。それに、菊乃屋に集まるのは、与力の新十郎を頭とし、他は八丁堀の同心たちだったので、駒造は遠慮したようだ。

倉田たち三人は、日本橋通りを南にむかった。いっとき歩くと、通り沿いにある菊乃屋が見えてきた。

菊乃屋は二階建てだった。二階にも客を入れる座敷があり、そこから男たちの談笑の声や客の相手をしている店の女中の声などが聞こえてきた。

倉田たち三人が、店の出入り口の格子戸を開けて店内に入ると、「お客様ですよ」という女の声が聞こえた。そして、廊下を忙しそうに歩く足音がし、年増が姿を見せた。店の女中らしい。

年増は土間の先の小上がりに座し、

「倉田さまたちですか」

と、笑みを浮かべて訊いた。

「そうだ」

倉田が言った。

「お上がりになってください。二階の座敷で、皆様がお待ちです」

年増が言い、倉田たち三人が小上がりに上がると、階段を上がって二階の座敷に案内した。

二階には、新十郎を始め、根津と利根崎の姿もあった。ふたりとも定廻り同心だった。鬼彦組と呼ばれる同心たちは、他に臨時廻りの柳瀬と田上がいたが、ふたりは今度の事件にかかわっていないこともあって遠慮したようだ。

「倉田たち三人は、ここに座れ」

新十郎が、脇に並べてある三人分の座布団に手をむけて言った。どうやら、新十郎たちは、座布団まで用意して倉田たちが来るのを待っていたらしい。

倉田と矢口はすぐに座布団に腰を下ろしたが、駒造だけは座布団を後ろに引いてから、腰を下ろした。与力や同心たちのそばにいるのは、気が引けるのだろう。

畏まって肩をすぼめている。

「さァ、飲んでくれ」

新十郎が、手にした銚子を倉田にむけた。

「いただきます」

倉田は猪口を差し出し、新十郎の手にした銚子の酒を受けた。そして、猪口の酒を一気に飲み干した。

「飲みっぷりもいいな」

新十郎は満足そうな顔でそう言った後、矢口の猪口にも酒をついでやった。

「駒造も飲め」

そう言って、新十郎は銚子を駒造にもむけた。

駒造は猪口を手にしたまま戸惑うような顔をしていたが、傍らに座していた倉田が、「駒造、いただくといい」と声をかけると、猪口を差し出した。

それから、倉田が親分の源五郎をはじめ武士の島崎、佐久間、それに遊び人の政次の悪事を話し、四人の男を捕らえるなり、討つなりして始末をつけたことを話した。源五郎という男は、武士を殺し屋として金で雇っていたことも言い添えた。残った子分の話から、他のいくつかの殺しも源五郎の仕業と知れたのだ。

「よくやった。俺も、何か手を貸してやろうと思っていたが、何もできなかった。……ともかく、倉田たちが、味方のなかから犠牲者も出さずに、源五郎たちを捕らえるなり、討つなりしたことは、俺たちの誇りと言ってもいい」

新十郎が言うと、その場にいた根津と利根崎も感心したような顔をしてうなずいた。

「俺たちが怪我もせず、下手人たちを捕らえるなり、討つなりできたのは、こうして彦坂さまをはじめ、仲間のみんなが、本来俺たちがやらねばならない仕事をやってくれたからです。……今度の件にかかわったのは、俺たち三人だけではなく、ここにいるみんなです」

と、倉田が言うと、矢口がうなずいた。そばにいた駒造まで、何度もうなずいている。

次に口を開く者がなく、その場が静まったとき、

「さァ、飲もう。今日は、倉田たち三人の労を癒すための会だ」

新十郎が、銚子を手にして言った。その場にいた倉田たちは、手にした猪口の酒を飲み干した。

「俺たちは、みんな仲間だ！」

倉田はそう言って、銚子を手にすると、その場にいた同心たちに酒をついで回った。

これを見た新十郎は、「俺も仲間だぞ」と言って、その場にいた同心たちに目をやった。

すると、倉田が、

「仲間の彦坂どの、一杯どうぞ」

と言って、銚子を新十郎にむけた。

座敷にいた男達から、ドッと笑いがおこった。

新十郎は苦笑いを浮かべて、同心たちに目をやった。その顔には、満足そうな表情があった。

（了）

文春文庫

八丁堀「鬼彦組」激闘篇

定価はカバーに
表示してあります

剣客参上

2022年9月10日　第1刷

著者　鳥羽亮
発行者　大沼貴之
発行所　株式会社　文藝春秋

東京都千代田区紀尾井町 3-23　〒102-8008
TEL　03・3265・1211(代)
文藝春秋ホームページ　http://www.bunshun.co.jp

落丁、乱丁本は、お手数ですが小社製作部宛お送り下さい。送料小社負担でお取替致します。

印刷製本・凸版印刷

Printed in Japan
ISBN978-4-16-791934-4

（　）内は解説者。品切の節はご容赦下さい。

鳥羽　亮
暗闘七人
八丁堀「鬼彦組」激闘篇

廻船問屋・松田屋はある藩の交易を一手に引き受けていたが、不審な金の動きに気づいた若旦那が調べ始めた矢先に殺されたという。鬼彦組が動き始める。

と-26-13

鳥羽　亮
蟷螂（かまきり）の男
八丁堀「鬼彦組」激闘篇

ある夜、得体のしれない賊に襲われ殺された材木問屋の主人の遺体に残された傷跡は、鬼彦組の面々が未だ経験したことのない形状だった。かつてない難敵が北町奉行所に襲いかかる！

と-26-14

鳥羽　亮
奇怪な賊
八丁堀「鬼彦組」激闘篇

大店に賊が押し入り番頭が殺され、大金が盗まれた。中からは厳重に戸締りされていて、完全密室状態だった。そしてまた別の店が――一体どうやって忍び込んだのか！　奴らは何者か？

と-26-15

鳥羽　亮
福を呼ぶ賊
八丁堀「鬼彦組」激闘篇

福猫小僧なる独り働きの盗人が、大店に忍び込み、挨拶代わりに招き猫の絵を置いていくという事件が立て続けに起きた。被害にあった店は以前より商売繁盛となるというのだが……。

と-26-16

鳥羽　亮
強奪
八丁堀「鬼彦組」激闘篇

日本橋の薬種問屋に盗賊が入った。被害はおよそ千二百両ほど。ところが翌朝その盗賊たちが遺体で発見された。一体何が起きたのか？　仲間割れか？　鬼彦組に探索の命が下った。

と-26-17

鳥羽　亮
餓狼剣
八丁堀「鬼彦組」激闘篇

またしても、大店に凶賊が押し入り、番頭を無残にも斬り殺して大金を奪い去った。斬り口から判断するにかなり腕の立つ剣術家のようだ……。奉行より探索を命じられた鬼彦組は……。

と-26-18

鳥羽　亮
斬鬼たち
八丁堀「鬼彦組」激闘篇

日本橋川の際で大店の主たちが無残にも斬り殺された。手口からみると、やったのはかなり腕のたつ武士のようだ。半年前の事件に似ていたと睨んだ鬼彦組は前の事件を調べ直し始めた。

と-26-19

（　）内は解説者。品切の節はご容赦下さい。

佐伯泰英
花芒ノ海
居眠り磐音（三）決定版

深川の夏祭りをめぐる諍いに巻き込まれる磐音。国許の豊後関前藩では、磐音と幼馴染みたちを襲った悲劇の背後にうごめく陰謀がだんだんと明らかになる。父までもが窮地に陥り……。

さ-63-103

澤田瞳子
若冲

緻密な構図と大胆な題材、新たな手法で京画壇を席巻した若冲。彼を恨み、自らも絵師となりその贋作を描き続ける亡き妻の弟との相克を軸に天才絵師の苦悩の生涯を描く。（上田秀人）

さ-70-1

坂岡　真
真っ向勝負（まっこうしょうぶ）
火盗改しノ字組（一）

その屍骸は口から鯖の尾鰭が飛び出ていた――。火付盗賊改方の「しノ字組」同心・伊刈運四郎は、供頭・杉腰小平太ら曲者の仲間達と犯人を逐う！　若き新参侍を描くシリーズ第一弾。

さ-71-1

坂岡　真
武士（もののふ）**の誇り**
火盗改しノ字組（二）

伊刈運四郎ら「しノ字組」は、白兎の面を被る凶賊「因幡小僧」捕縛に失敗。別の辻斬り事件の探索で運四郎は白兎に襲われる。神出鬼没の白兎の正体は？　書き下ろしシリーズ第二弾。

さ-71-2

坂岡　真
生か死か
火盗改しノ字組（三）

「しノ字組」は極悪非道の凶賊「葵蜥蜴」を追うが尻尾すら摑めない。運四郎は一味の疑いがある口入屋に潜入するが、正体がばれ絶体絶命の危機に！　風雲急を告げるシリーズ第三弾。

さ-71-3

坂岡　真
不倶戴天の敵
火盗改しノ字組（四）

伊刈運四郎は、凄惨な押し込みを働く「六道の左銀次」を追う最中、女郎や大奥女中の不可解な失踪を知る。これも左銀次の仕業か？　「しノ字組」に最悪の危機が迫るシリーズ第四巻。

さ-71-4

佐藤巖太郎
会津執権の栄誉

長く会津を統治した芦名家で嫡流の男系が途絶え、常陸の佐竹家より婿養子を迎えた。北からは伊達政宗が迫り、軋轢が生じた芦名家中の行方は家臣筆頭・金上盛備の双肩に。（田口幹人）

さ-74-1

文春文庫　最新刊

大名倒産 上下　浅田次郎
倒産逃げ切りを企む父VS再建を目指す子。傑作時代長編！

名乗らじ 空也十番勝負（八）　佐伯泰英
武者修行の終わりが近づく空也に、最強のライバルが迫る

Iの悲劇　米澤穂信
無人の集落を再生させるIターンプロジェクトだが…

雲を紡ぐ　伊吹有喜
不登校の美緒は、盛岡の祖父の元へ。家族の再生の物語

獣たちのコロシアム 池袋ウエストゲートパークXVI　石田衣良
児童虐待動画を楽しむ鬼畜たち。マコトがぶっ潰す！

耳袋秘帖 **南町奉行と火消し婆**　風野真知雄
廻船問屋の花火の宴に巨大な顔だけの怪かしが現れた!?

八丁堀「鬼彦組」激闘篇 **剣客参上**　鳥羽亮
生薬屋主人と手代が斬殺された！　長丁場の捕物始まる

代表取締役アイドル　小林泰三
大企業に迷い込んだアイドルに襲い掛かる不条理の数々

べらぼうくん　万城目学
浪人、留年、就職後は作家を目指し無職に。極上の青春記

女たちのシベリア抑留　小柳ちひろ
抑留された女性捕虜たち。沈黙を破った貴重な証言集

魔王の島　ジェローム・ルブリ　坂田雪子　青木智美訳
孤島を支配する「魔王」とは？　驚愕のミステリー！

私の中の日本軍 上下〈学藝ライブラリー〉　山本七平
自らの体験を元に、数々の戦争伝説の仮面を剝ぎ取る